KB061381

디,
아
이
돌

서귤 소설

디,
아
이
돌

누가 당신의 소년을
죽였을까

위즈덤하우스

차례

01

나도 따라 죽어야 되나?

〈디 아이돌〉은 시청자 투표로 백 명의 연습생 중 데뷔 멤버 다섯 명을 뽑는 TMB 오디션 프로그램이다. 시즌 1은 '디 인티그리티', 시즌 2는 '디 어센틱'이라는 걸출한 아이돌 그룹을 탄생시켰다. 그러나 작년 1월, 큰 기대 속에 시작한 시즌 3은 출연 중이던 연습생의 사망으로 방영 중단이라는 초유의 사태를 맞이하게 된다.

연습생 양준우의 사망 소식을 들은 메인PD 장인혜는 그때를 '따라 죽고 싶은 심정이었다'고 회상했다.

"준우가 죽었다는 전화를 받는데 손이 부들부들 떨리더라고요. 나도 따라가야 하나? 이 생각이 먼저 들었어요."

〈디 아이돌〉 사태를 취재하기로 한 뒤 가장 먼저 장인혜 PD를 만났다. 이 모든 사건의 출발점인 인물이기 때문이다. 모자를 눌러쓰고 카페 의자에 깊숙이 엉덩이를 밀어 넣은 장인혜는 말을 아꼈고 계속 입술을 축였다. 당시를 떠올리기 괴로운 기색이 역력했다.

명문대를 나와 TMB에 입사하여 〈디 아이돌〉 시즌 1을 성공시키며 승승장구하던 장인혜의 삶에 위기가 닥친 것은 시즌 2를 준비하던 무렵이었다. 사측의 과도한 관심과 기대에 압박감을 느낀 장인혜는 심리적 도피처로 불법 스포츠 도박에 손을 댔고 시즌 2가 끝날 무렵에는 8억 6천만 원의 빚을 떠안게 됐다. 사채에 손을 댄 결과였다. 말로만 듣던 신체포기각서가 실재한다는 것을 알았을 때, 장인혜는 그야말로 몸이 핸드폰 진동처럼 떨리기 시작했다고 말했다. 반쯤 제정신이 아니었던 장인혜에게 업자가 결정적인 제안을 건넸다.

"판을 한번 크게 벌여보자고 하더라고요. 시즌 3으로."

불법 스포츠 도박 사이트에 대한 대대적인 단속으로 얼어붙어 있던 도박판은 신규 수입원을 찾기 위해 골머리를 썩이고 있었고, 1위부터 100위까지 순위가 매겨지는 〈디 아이돌〉은 판을 벌이기에 더없이 매력적이었다. 업자는 시즌 3을 대상으로 한 사이트를 제작하고 공격적인 홍보를 통해 판돈을 끌어모았다. 경찰 조사 결과에 따르면 이 도박에 들어간 돈은 320억. 가장 많은 판돈이 쏠린 베팅은 1위 우승자 예측이었고 그 밖에 1위부터 5위까지 데뷔 순위 예측, 매회 탈락자 예측 등 게임의 종류는 다양했다. 여기서 장인혜 PD는 빚의 일부를 탕감받는 대가로 업자가 요구하는 대로 순위를 조정했다고 한다.

"조작에 대한 이야기는…… 더 하지 않을게요."

순위 조작 건으로는 모기업 TM미디어에 대해 업무상 배임죄로 수사가 진행되고 있는 상황이라 장인혜 PD는 언급을 꺼렸다.

"아무튼 사람이 죽었으니 프로그램이 중단될 거 아니에요. 게다가 사고사도 아니고, 준우는 독살이었다고요. 어떻게 방송을 계속해요. 그러니까 제가 곤란해진 거죠. 그렇게 판돈이 많이 몰렸는데. 50퍼센트는 운영사에게 수수료로 가는 구조거든요. 손해가 엄청 생기게 된 거예요. 그쪽에서 난리 났죠. 빚은 계속 불어나고."

난감한 상황에 빠진 건 장인혜 PD만이 아니었다. TMB 방송의 모회사인 TM미디어에도 불똥이 떨어졌다. 이전에도 자극적인 예능 콘텐츠로 여러 차례 논란이 있었고, 사회적으로는 모 국회의원의 취업 청탁 사건으로 재판이 진행되고 있었다. 이런 판국에 출연자 사망 사건이 터진 것이다. 그야말로 비상사태였다고, TM미디어 비서실에서 근무했던 A씨는 말했다.

"완전 살얼음판이었죠. 저는 이사윤 대표님이 그렇게 소리 높여 이야기하는 걸 그때 처음 봤어요."

사건 이전, 이사윤 대표는 재벌가 일원답지 않은 소박하고 겸손한 태도로 업계 안팎에서 평판이 좋았다. 사회 공헌 활동, 특히 여성 인권 보호에 거액을 오랫동안 기부한 사실이 알려져 있었다. 사업적으로도 뛰어난 수완을 보여 2년 전에는 포춘 선정 '세계의 영향력 있는 여성 리더' 10인에 든 바 있다.

"저는 사실 그게 다 연극이 아닐까 생각한 적이 있거든요."

A씨가 목소리를 낮춰 소곤거리며 말했다. 마침 카페 안의 음악이 다음 곡으로 넘어가던 타이밍이라 속삭임이 오히려 이목을 집중시켰다. 뒤에 앉은 손님이 힐끔거리자 A씨가 창밖을 보며 딴청을 피웠다.

A씨의 말에 따르면 이사윤 대표의 행동에는 조금 강박적인 면이 있었다고 한다. 한번 입은 옷은 다시 입지 않았다. 정렬이 되지 않은 진열대를 보면 짜증을 냈고 서류를 만질 때는 장갑을 꼈다.

"아무튼 평범한 사람은 아니었어요."

A씨가 손가락에 종이 빨대를 끼워 흔들며 말했다. 이사윤 대표에 대한 반감이 상당해 보였다. 인터뷰가 거의 마무리 단계에 이르렀을 때, A씨가 조심스레 말을 꺼냈다.

"이 사건이랑은 아무래도 상관없지만……."

이어진 폭로는 다소 충격적이었다. 비서실 여직원 중 연차가 제일 높은 일명 '왕언니'들에게는 대대로 은밀한 임무가 주어졌으며 퇴직 직전 A씨도 이 일을 수행했다. 바로 '미라클'이라는 유흥업소의 프라이빗룸을 주기적으로 예약하는 것이었다. 미라클은 고위층들이 암암리에 찾는 SM클럽이었다. A씨는 이사윤 대표가 'S('사디스트 Sadist'의 첫 글자. 가학 행위에서 쾌감을 얻는 '사디즘 Sadism' 경향을 가진 사람을 일컫는다)'였다고 주장했다. 이사윤 대표가 장철중 TM카드 부사장과 결혼 후 슬하에 두 명의 자녀를 두고 있다는 점을 상기하면 놀라운 사실이 아닐 수 없다. 이 문제로 이사윤 대표는 오빠이자 TM그룹 총수인 이민규 회장에게 불려가 종종 꾸중을 들었다고 한다. 그 후 약 40분 동안 A씨는 이사윤 대표의 기상천외한 SM행각에 대해서 자세히 진술하였다.

"이거 이니셜로 나가는 거 맞죠."

인터뷰를 마치며 A씨는 거듭 익명으로 보도되는지를 확인했다. 불안해하는 기색이 역력했다. TM그룹의 보복이 두려운 듯했다. 과거 TM그룹 계열사 TM푸드는 본사와 트러블을 겪은 후 상호를 변경한 카페 인근에 자사 프랜차이즈점을 연달아 신규 오픈하는 보복성 입점으로 구설수에 오른 적이 있었다. 그날 인터뷰를 한 곳은 A씨가 퇴직 후 차린 카페였다.

스타라이트기획 신경진 실장의 말은 달랐다. 그는 이사윤 대표가 우리나라의 문화 산업을 일군 입지적인 인물로, 평소 존경해 마지않았다며 칭찬을 이어갔다.

"업계 사람이라면 한번은 그런 루머를 접한 적이 있죠. 저는 '마조'라고 들었는데요?"

신경진 실장은 사디스트와 상반되는 개념인 마조히스트(Masochist. 피학 행위에서 쾌감을 얻는 사람을 가리킨다)의 줄임말인 '마조'라는 단어를 발음하며 웃었다.

"똑똑하고 잘나가는 사람에게는 시기와 질투가 따르니까요."

말을 하면서도 그는 핸드폰에서 줄곧 눈을 떼지 못했는데 습관이자 일종의 직업병으로 보였다.

스타라이트기획은 〈디 아이돌〉 시즌 3에 세 명의 연습생을 출연시켰다. 그중 이하성 연습생은 1차 순위발표식 때 3위를 차지했고 이후로도 5~6위를 오가며 데뷔 가능성이 높다고 평가받았다. 그러나 사건 이후에는 평가 무대를 준비하는 과정에서 양준우 연습생과 갈등이 있었다는 이유로 근거 없는 의혹에 시달리고 있었다.

"전부 다 고소할 수도 없고. 너무 난감한 상황이었거든요. 게다가 하성이 데뷔를 전제로 투자받은 것도 있었고."

스타라이트기획은 전 검찰총장의 성 접대 의혹에 연루되어 이후 소속 연예인들이 대거 이탈했다. 그 무렵 대표가 블록체인 업체에 거액을 투자한 뒤 자금 회수에 어려움을 겪기도 했다. 〈디 아이돌〉을 통해 재기를 노리고 있었기에 사망 사건으로 인한 프로그램 중단의 타격이 매우 컸던 모양이었다.

"그래서 이사윤 대표가 그 제안을 했을 때, 솔깃하지 않을 수가 없었죠."

당시를 떠올리며 신경진 실장은 재차 고개를 끄덕였다.

"우리 사정을 다 알고 왔더라고요. 거부할 이유가 없었고 그럴 수도 없었어요."

방송국과 미팅이 있다며 서둘러 자리를 뜨던 신경진 이사는 한마디를 덧붙였다.

"제 생각에 이사윤 대표는 천재예요. 쇼 비즈니스의 천재."

확실히 이사윤 대표가 열 명의 소년이 소속된 기획사를 직접 찾아가 모두를 설득한 것은 이례적일 뿐만 아니라 파격적인 행보였다. 거침없는 추진력과 행동력이 돋보이는 지점이다. 더욱이 이사윤 이사가 포섭한 대상은 기획사만이 아니었다.

"경찰이 가만히 있을까요?"

제안을 충분히 이해한 후 장인혜 PD는 처음에 이렇게 물었다. 이사윤 대표는 예상했다는 듯이 무심한 말투로 대답했다고 한다.

"얘기가 끝났다고 하더라고요. 수사가 지지부진한 상황인데,

제보라도 들어와서 실마리가 생긴다면 그쪽도 이득일 거라며."

사람이 죽으라는 법은 없다고 장인혜 PD는 생각했다. 이사윤 대표에게 후광이 비쳐 보이는 것 같았다고.

"그때 빚이 9억이 넘었고."

돈 이야기만 꺼내도 목이 마르는지 장인혜 PD는 얼음만 남은 유리컵 바닥을 빨대로 훑었다.

장인혜 PD를 다시 선택한 이사윤 대표의 선택은 결과적으로 옳았다. 장인혜 PD는 용의자로 지목된 남은 열 명의 소년들을 누구보다도 잘 알고 있었고, 시청자 투표 심리를 꿰뚫고 있었으며, 무엇보다도 절대로 프로그램을 성공시켜야 한다는 간절함이 있었다.

장인혜 PD는 당시 이사윤 대표가 이미 프로그램 개요를 대강 기획해놓은 상태였다고 말했다.

"용의자인 열 명의 소년들이 다시 한곳에 모인다. 그들이 서로를 의심하고 자신의 무죄를 주장한다. 마지막 화에서 시청자 투표로 최종 범인을 뽑는다."

이사윤 대표와 장인혜 PD는 그 자리에서 신규 프로그램의 콘셉트와 메인 카피를 만들었다.

이 말을 하는 장인혜 PD의 눈이 여태까지와는 다르게 총기를 비치며 빛났다. 지금은 범죄자로 전락한 처지지만 한때 프로그램을 진두지휘하며 엔터 산업 선봉에 있었던 이의 자부심이 드러나는 듯했다.

장인혜 PD가 마른 입술을 한 번 축이고 말했다.

"디 아이돌 특별 편. 메인 카피는 '누가 당신의 소년을 죽였을까.'"

전 세계를 뒤흔든 리얼 추리 버라이어티가 탄생하는 순간이었다.

02

정말로 착한 애들이에요

'디 아이돌 특별 편'이라는 단어가 당시 건재했던 포털 사이트 실시간 검색어에 오른 것은 7월 둘째 주 화요일 오후 8시였다. 검색어 차트에는 라이브 방송 중 말실수로 구설수에 오른 유튜버와 멤버 탈퇴설이 흘러나온 아이돌 그룹, 갑질 논란에 휘말린 연예인이 올라가 있었고, 대통령 차남의 이름이 잠시 올라갔다가 내려갔다. '디 아이돌 특별 편'을 클릭하면 해당 포털 사이트의 전용 동영상 클립 서비스에 '〈디 아이돌:특별 편〉 예고 영상'이 노출되었고 조회 수는 한 시간 만에 20만 회를 돌파했다.

58초 분량의 이 예고 영상은 서정적인 피아노 음악과 함께 연습실 및 녹음실에서 눈물을 흘리는 소년 열 명을 클로즈업으로 보여주며 시작한다. 뒤이어 '준우가 너무 보고 싶어요'라는 내레이션이 흘러나오는데 팬들은 이 목소리의 주인공을 본방송

내내 사망자 양준우 연습생을 살뜰히 챙기는 모습이 노출됐던 류찬영 연습생으로 추정했다. 이윽고 화면이 무대로 바뀌며 천사처럼 흰 의상을 입은 열 명의 소년들이 부들부들 떨면서 노래하는 장면을 클로즈업과 바스트숏, 풀숏으로 잡은 뒤, 사흘 후인 방송 일시를 알려주고 영상은 종료된다.

티저가 공개되고 두 시간 동안 '디 아이돌 특별 편'이라는 키워드를 포함하여 신규 발행된 관련 기사는 총 1087건이었다. 그중《미디어매일》윤아름 인턴 기자는 스무 건의 기사를 작성하여 개인으로는 가장 많은 기사 건수를 기록하였다. 약 6분에 하나씩 기사를 발행한 셈이었다. 윤아름 기자는 예고 영상에 대한 소셜 미디어 및 커뮤니티 반응을 중심으로 기사를 작성하였는데 페이스북, 트위터, 국내 주요 커뮤니티 사이트를 한 바퀴 돌고 각 연습생들의 팬 카페와 게시판을 다시 리뷰했다. 가장 많은 댓글이 달린 기사는 사망자 양준우 연습생의 팬 게시판 반응을 옮긴 것으로, 이에 따르면 양준우 연습생의 팬들은 '저 중 한 명이 범인인데 추모한답시고 방송을 한다는 게 말이 안 된다' '모두가 공범이다. 어디서 뻔뻔스럽게 방송에 얼굴을 내미느냐'며 분노를 감추지 못했다고 한다.

이러한 반응에서 알 수 있는 것처럼 예고 영상을 본 시청자들은 이 특별 편이 사망자를 추모하기 위한 목적으로 제작된다고 이해했다. 프로그램에 참여한 열 명의 연습생들도 마찬가지였다. 이 예고 영상이 총 5화에 걸쳐 제작될 대국민 살인범 찾기 서바이벌의 서막이 될 것을 알고 있었던 사람은 TMB 고위 관계자와 장인혜 PD를 비롯한 일부 제작진, 그리고 소수의 소속사 관계자뿐이었다.

라임엔터 소속 연습생인 서노아, 제이든의 메이크업과 스타일링을 담당한 유엔제이 이희주 실장은 프로그램의 정체를 미리 알고 있던 쪽에 속했다. 라임엔터와 계약을 하면서 메이크업 콘셉트를 잡기 위해 내용을 전달받았다고 한다.

"방송국 측에서 비밀 엄수를 굉장히 강조했다고 들었어요. 특히 연습생 본인들이 모르게 해달라고."

수사가 미처 종결되지 않은 상황에서, 용의자로 지목된 열 명의 연습생을 데리고 추모 방송을 찍는다는 것이 상식적이지는 않다. 그러나 이미 눈앞에서 동료가 사망하는 비상식적인 일을 겪은 연습생들에게는 이 또한 이해할 수는 없지만 받아들여야 하는 현실로 느껴졌을지도 모른다. 이희주 실장에 따르면 실제 제이든 연습생은 추모 방송이라는 콘셉트를 굳게 믿고 있는 눈치였다고 한다.

"노아는…… 노아는 잘 모르겠네요."

서노아 연습생은 6년 전 '파이오니아'라는 그룹으로 데뷔한

후 실패를 겪고 재데뷔를 위해 프로그램에 나온 '중고 연습생'
이었다. 방송계 사정을 알 만큼 아는 터라 대충 이상한 낌새를
짐작하지 않았겠느냐는 것이 이희주 실장의 생각이었다. 더구
나 서노아 연습생은 '사랑둥이 왕자님'이라는 당시 〈디 아이돌〉
프로그램에서의 캐릭터와는 다르게 실제로는 상당히 예리한 타
입이었다고 한다.

"감각이 날카롭다고 해야 하나. 동물적이라고 해야 하나."

눈치가 빠르고 분위기를 읽는 능력이 뛰어난 데다 오감 자체
가 남들보다 예민한 편이라 스태프 중 한 명이 향수를 과하게 뿌
리기라도 한 날에는 혼자서 대기실의 모든 창문을 열고 다녔다
고 한다. 나중에 뜨고 나면 까탈스러움이 장난 아니겠다며 스태
프들끼리 뒷담화를 했다고.

당시의 일을 회상하며 이희주 실장은 자주 웃고 조금 울적해
했다. 그는 현재 메이크업을 그만두고 강원도 모처에서 남편과
함께 펜션을 운영하고 있다. 인터뷰를 마치고 배웅을 나서면서
이희주 실장은 당부하듯이 몇 번이나 같은 말을 반복했다.

"직접 만나보면 다들 착해요. 정말로 착한 애들이에요."

하지만 대중의 생각은 달랐던 모양이다. '살인자들을 더 이상
방송에서 보고 싶지 않다' '면죄부를 주려는 수작이냐' '얼굴만
봐도 혐오스럽다'는 비난과 욕설이 프로그램 방영 몇 시간 전부

터 TMB의 온에어 채팅 창을 뒤덮었다. 장인혜 PD는 이 시점에서 이미 성공을 확신했다고 말했다. 업계에 몸을 담가본 사람만 알 수 있는 대박 프로그램의 전조가 느껴져왔다고. 그 전조란 온에어 채팅 창의 갖은 욕설을 포함하여 예를 들면 이런 것이었다. 그날따라 장인혜 PD가 화장실에 가기만 하면 벽에 부착된 탈취 스프레이가 분무되었다든지, 손목의 고질적인 통증이 유독 약하게 느껴졌다든지, 스태프들끼리 저녁으로 먹으려고 주문한 족발이 평소보다 일찍 도착했다든지.

그리고 1화가 시작됐다. 7월 첫째 주 금요일 밤 9시 42분이었다.

양준우 연습생의 사망을 다룬 언론 보도를 빠르게 편집한 인트로가 끝나고 카메라는 열 개의 의자가 마련된 강당을 비췄다. 한편에는 양준우 연습생의 영정 사진과 국화꽃이 놓인 제단이 설치되어 있었다.

첫 등장은 우리기획 류찬영 연습생이었다. 예고 영상에서 흘러나온 내레이션의 주인공으로, 양준우 연습생과는 줄곧 사제지간 같은 친밀한 관계로 묘사되었다. 아무도 없는 강당에 혼자 들어온 류찬영 연습생은 곧 정면에 놓인 양준우 연습생의 영정 사진을 보고 멈춰 섰다. 흔들리는 동공과 창백해진 얼굴이 클로즈업된 후, 우두커니 서 있던 그가 헌화를 하고 자리에 앉기까지 약 8초의 시간이 할애되었다. 화면은 곧바로 류찬영 연습생의 개인 인터뷰 장면으로 넘어갔다.

"사실 실감이 안 났는데 사진을 딱 보는 순간, 아 인정해야 되는구나, 이제."

장인혜 PD는 이때 입장 순서에 특별한 의도는 없었다고 말했지만 시청하는 쪽에서는 뚜렷한 흐름이 느껴졌다. 세 번째에 등장한 위드미디어 백세민 연습생이 한 줄기 눈물을 흘린 것을 시작으로 점점 리액션이 격해져 마지막에 등장한 스타라이트기획 이하성 연습생은 제단 앞에서 쓰러져 부축을 받았다.

그렇게 연습생들의 오열을 카메라 여섯 대로 여러 각도에서 편집한 장면이 나가고(특히 영정 사진 위에 설치된 카메라가 헌화 시 슬픔에 일그러진 연습생들의 표정을 매우 생생하게 보여주었다) 감정을 추스르며 의자에 앉아 있는 연습생들 앞으로 MC를 맡은 강혜성이 등장했다. 본격적인 시작이었다.

장인혜 PD에 의하면 용의자 연습생들의 소속사를 일일이 설득하는 것도 쉽지 않았지만, 그보다 더 불확실했던 것은 〈디 아이돌〉 시즌 3 MC였던 강혜성의 재출연 여부였다. 애초에 특별 편 및 뒤이을 후속 편 출연에 대해 계약된 바가 없었고, 솔로로 활발한 활동을 펼치고 있는 10년차 아이돌 강혜성으로서는 자

첫 화살 받이가 될 위험성을 안고서 출연을 감행할 이유가 없었기 때문이었다. 내부적으로는 거절할 것으로 생각하고 강혜성보다 급이 낮은 MC에게 컨택하고 있었는데 막판에 출연을 승낙해왔다고 한다.

"그 친구가 갑질 논란이 있었잖아요. 전 매니저가 폭언당했다고 녹취록 풀어버린 거. 시기상으로 저희 프로그램 예고편이랑 거의 동시에 터졌거든요. 전 매니저가 강혜성 물건을 훔쳐서 그랬다고 해명하면서 일단락됐는데, 쌍욕이 워낙 버라이어티해지지고 이미지에 손상이 좀 있었죠. 소속사에서 푸시를 했다더라고요. 나와서 애들한테 다정하게 대하고 눈물 좀 짜서 수습해보자고."

재킷의 양쪽 길이가 비대칭인 알렉산더 맥퀸 슈트를 입은 강혜성은 후줄근한 회색 연습복을 입은 연습생들 사이에서 한 마리 흑조처럼 고고하게 돋보였다.

"여러분들이 왜 이 자리에 다시 모였는지 알고 있나요?"

연습생들이 서로의 붉어진 눈자위를 힐끔거렸다.

"오늘 여러분은 양준우 연습생을 위한 추모곡을 만들기 위해 모였습니다."

연습생들의 놀란 표정을 뒤로하고 곧바로 양준우 연습생을 위한 추모곡이자 프로그램 테마 곡이 될 노래의 가녹음 버전이 흘러나왔다. 피아노와 허밍으로만 이루어진 선율을 듣고 몇몇 연습생들은 다시 눈물을 글썽이기 시작했다.

"이 곡의 가사를 만들어주세요. 준우에 대한 여러분 마음을 담아."

급기야 글썽이던 몇몇이 흐느껴 울기 시작했다. 그 시각 TMB 온에어 채팅 창에서는 '착즙파티' '범죄자 새끼들 작작 좀 울어라'는 댓글이 달렸고 각종 커뮤니티에서도 '우는 것만 나오니 지루하다'는 글과 댓글이 올라오고 있었다. 연습생의 팬들은 내 새끼 그만 울리라며 실시간으로 울분을 토했다. 하지만 시작일 뿐이었다. 프로그램에서 리더를 담당한 류찬영이 주도하여 연습생들은 가사를 만들기 위해 각자 양준우에게 보내는 편지를 쓰기 시작했고 바야흐로 눈물의 레이스가 펼쳐졌다(눈물이 떨어져 잉크가 번진 이 편지지는 방송 직후 스캔되어 〈디 아이돌〉 트위터 계정에 공개되었다). 가사 작업과 녹음을 거쳐 점차 고조되던 통곡은 TMB 이벤트홀 본무대 위에서 절정을 맞았다. 특히 야망은 크지만 실력이 부족하다는 평을 받으며 팬과 안티를 대거 양산한 TT미디어 권희종 연습생의 오열은 저러다 실신하지 않을까 하는 우려를 불러일으키는 수준이었고, 그 엄청난 눈물과 콧물과 땀에도 지워지지 않은 그의 아이라인과 아이섀도에도 관심이 쏠렸다. 후렴 가사 '잊지 않을 거야 너의 웃음 너의 꿈 너의 미래'가 반복되는 동안 열 명 중 세 명의 연습생이 다리에 힘이 풀려 무대 위에서 주저앉았다.

노래가 끝나고, 감정에 겨워 헐떡이는 연습생들을 배경으로 MC 강혜성이 걸어 나왔다. 긴장감을 불러일으키는 묵직한 효과음과 함께였다.

"오프닝 무대, 어떻게 보셨나요?"

카메라가 '오프닝'이라는 단어에 어리둥절해하는 연습생들의 얼굴을 담았다.

"오늘 무대에 선 열 명의 연습생들은 양준우 연습생 살해 혐의를 받고 있는 용의자들입니다. 이 중에서 범인을 찾아내는 것은 바로 여러분들 몫입니다."

불이 켜지자 객석을 채운 또 다른 소년들이 모습을 드러냈다. 89명의 탈락한 연습생들이었다. 이들 손에는 핸드폰이 쥐어져 있었다. 강혜성이 카메라를 바라보며 힘주어 말했다.

"디 아이돌 특별 편, 소년 단죄. 지금부터 시작합니다."

03

때리는 걸 봤어요

같은 시각 포털 사이트에서는 '단죄' '당재' '단재'가 실시간 검색어에 올랐다. 강혜성의 발음이 다소 부정확했던 탓이었다. 곧 TMB 송출 화면 오른쪽 상단에 '디 아이돌:소년 단죄'라는 로고가 뜨면서 상황은 정리되었으나 이번엔 새로운 검색어로 '단죄 뜻'이 올라오기 시작했다.

단죄(斷罪) 1. 죄를 처단함. 2. 죄로 단정함.

"일상생활에서 쓸 일이 없는 단어긴 하죠."

장인혜 PD 밑에서 5년간 함께 일했고 〈디 아이돌〉 시즌 1부터 3까지 제작에 참여한 조연출 유호성 PD는 '소년 단죄'라는 프로그램명에 얽힌 비화를 이렇게 밝혔다.

"장인혜 PD님이 '소년'이라는 단어를 쓰고 싶어 했어요. 의견을 많이 냈죠. 범죄 소년, 소년 살인범, 소년을 추궁하라, 누가 당신의 소년을 죽였는가……. 막내 작가가 '단죄'라는 단어를 생각해냈어요. 국문과 출신이라 그런가 어휘력이 좋더라고요."

사극에나 나올 것 같은 단호하고 비장한 어감이 높은 점수를 땄다고 한다.

"권력을 느끼게 하잖아요. 죄를 심판하는 자리에 오른 것 같은."

탈락한 89명의 연습생들을 모아 1화의 국민 배심원들로 활용하자는 아이디어는 유호성 PD 자신이 냈다. 방출된 연습생들이 살아남은 연습생들을 심판한다는, 하루아침에 역전된 지위가 주는 짜릿함을 시청자들이 느끼게 하고 싶었다고 한다.

과연 당사자들도 그렇게 느꼈을까?

B연습생은 89명의 연습생 중 한 명으로, 본 프로그램에서는 2차 순위발표식 때 탈락했다. 어렵게 성사시킨 인터뷰에서 B연습생은 자신의 말이 마치 모두의 의견인 것처럼 전달될까 봐매우 조심스러워하는 태도였다.

"저는 하기 싫었어요. 께름칙하잖아요. 다들 비슷한 마음이었을걸요? 근데 회사에서 무조건 나가라고 했어요. 어떻게든 방송에 얼굴 한 번 더 비쳐야 한다고."

TMB 대강당에 모인 89명의 연습생은 모두 풀메이크업 상태였다. B연습생은 회색 컬러 렌즈를 끼고 나갔다가 눈이 불편해서 내내 신경이 곤두서 있었다고 했다.

"촬영이 꽤 길었거든요. 투표를 한 뒤 전부 개인 인터뷰를 땄으니까요."

여기서 투표란 양준우 연습생을 살해했을 것으로 의심되는 인물을 1위부터 3위까지 적어내는 설문 조사였다. 1위는 10점, 2위는 5점, 3위는 2점을 가산하여 최종 순위를 매겼다. 누구를 뽑았냐는 질문에 B연습생은 대답하지 않았다. 결과를 예상했느냐는 질문에는 고개를 저었다.

투표 결과는 용의자 연습생들이 서 있는 무대에서 바로 발표됐다. 3분할로 나뉜 스크린에 2위가 먼저 공개됐다. TT미디어 권희종 연습생이 얼굴을 양손으로 가렸다. 1위가 그다음이었다. 미라플래닛 한율 연습생은 동공이 풀린 눈으로 정면을 응시했다. 3위가 발표되자 장내에 경악에 찬 비명 소리가 번졌다. 책임감 있고 따뜻한 리더 이미지였던, 우리기획 류찬영 연습생이었다. 곧이어 바람 빠진 풍선 인형처럼 그가 몸을 구기는 장면이 세 가지 각도에서 총 4회 반복되었다.

– 왜 권희종 연습생이 범인 같아요?

제작진의 질문을 받는 이는 유스기획 김규진 연습생이다. 그는 1차 순위발표식 때 88위로 탈락했다. 한 번도 제대로 된 단독숏을 받거나 개인 인터뷰가 송출된 적이 없었다. 김규진 연습생은 긴장한 기색도 없이 또박또박 말을 이어갔다.

"제 생각엔 희종이가 준우 형을 싫어하는 티를 많이 냈어요."

사망자 양준우 연습생은 능력 평가에서 최하위인 Zero팀에 소속되어 있다가 재평가를 통해 혼자 A팀으로 극적인 상승을 일궈냈다. 이 드라마틱한 성장 서사를 통해 양준우가 주목받기 시작하자 같은 Zero팀이었던 권희종 연습생이 그를 계속 못마땅해했다는 증언이었다. 자료 화면으로 권희종 연습생이 양준우 연습생 쪽으로 눈을 흘기는 모습, 옆자리를 피하는 모습, 어깨동무를 거부하는 모습이 흘러나왔다.

– 싫어서 죽였다고요?

"죽일 생각은 아니었을 수도 있죠. 실수일 수도 있잖아요. 그냥 좀 골려줄 생각이었는데 생각보다 독한 약을 넣었다든지."

양준우 연습생의 직접 사인은 토사물로 인한 기도 폐쇄였다.

범인 투표에서 2위를 차지한 권희종 연습생에 대한 연습생들 의견은 대부분 이와 비슷했다. 사망자 양준우를 향해 적대적인 태도를 보였다는 것이다. 소속이 없는 개인 연습생이라고 무시하는 발언을 하더라, 키가 작고 못생겼다고 뒷담화를 했다, 왜 인기가 있는지 모르겠다고 몇 번이나 말하는 걸 들었다, 자기보다 순위가 높은 게 이해되지 않는다고 꼬투리를 잡았다⋯⋯.

"근데 사실 희종이는 준우 형뿐만 아니라 되게 여러 명한테 그랬거든요. 좋고 싫고가 명확하고 질투도 심한 친구라. 애가 좀 숨길 줄을 몰랐죠."

하지만 '생각해보면 그렇게까지 나쁜 애는 아니다'는 의견도 함께였다.

"아 진짜, 미치겠네."

김규진 연습생이 차마 풀세팅한 머리를 흐트러뜨리진 못하고 목덜미를 마구 문질렀다.

반면 범인 투표 1위를 차지한 한율 연습생에 대한 반응은 상대적으로 더 명확하고 확신에 차 있었다.

"저는 사건에 대해 처음 들었을 때부터 율이 형이 범인이 아닐까 생각했어요."

28위로 3차 순위발표식에서 탈락한 온미디어 류현석 연습생은 믿기 힘든 이야기를 털어놨다.

"때리는 걸 봤어요."

2차 순위발표식 이후 첫 합숙 촬영일, 한율 연습생은 유난히 기분이 좋지 않았다고 한다. 지난 방송 후 유출된 사진 한 장 때문이었다. 다다미가 깔린 방에서 한율 연습생이 유카타를 입은 채로 젊은 여성과 친밀한 포즈를 취한 투숏이었다. 이윽고 사진의 배경에 등장한 달력이 같은 해 2월이라는 것이 밝혀지고, 해당 여성으로 추정되는 인물이 불과 일주일 전 인스타그램 계정에 '내꼬자나yul'이라는 글을 올렸으며, 더구나 그 게시글에 하트를 누른 'han_swag0812'라는 아이디가 한율 본인의 비공개 계정이라는 소문까지 퍼지면서 팬들이 대거 이탈 조짐을 보였다. 각종 매체를 통해 최종 데뷔 5인으로 유력하게 손꼽히던 한율 연습생에게는 큰 타격이었다.

"합숙소 뒤편에 피디님들 몰래 담배 피우는 곳이 있거든요."

카메라가 없는 그곳에서 한율 연습생이 양준우 연습생을 발로 걷어찼다고 했다. 담배를 사오지 않았다는 이유에서였다. 눈에 보이는 곳은 혹시나 논란이 될까 봐 집요하게 엉덩이만 노렸다고 류현석 연습생은 주장했다.

– 말릴 생각은 없었어요?

"말렸죠. 말렸는데."

– 한율 연습생과 그곳에서 같이 담배를 피우셨나요?

"네? 저요? 아니요?"

3차 순위발표식에서 30위로 탈락한 톱미디어 김유진 연습생은 '솔직히 율이 형은 무섭다'고 밝혔다.

"그런 건 저절로 느낌이 오잖아요. 율이 형이 뭐랄까, 처음 보면 순하고 부들부들한 귀염상이거든요? 강아지상? 근데 이걸 뭐라고 표현하지. 눈빛이 쎄한 게 있어요."

합숙 첫날부터 연습생들은 은연중에 서로의 서열을 파악하느라 분주했다. 경연을 거듭하면서 피라미드가 얼추 정리되었고, 그 꼭대기에는 한율 연습생이 있었다는 것이다. 서열 밑바닥에 있던 것은 주로 개인 연습생들이었다. 2차 순위발표식에서 56위로 탈락한 개인 연습생 이수호 연습생은 한율 연습생이 괴롭혔던 타깃이 사망자 양준우 한 명은 아니었다고 말했다. 자신을 포함하여, 소속사가 없어 제대로 된 대응을 할 수 없는 나이 어린 개인 연습생들이 그의 심심풀이 대상이었다고 한다. 화장실에서 소변을 누고 있을 때 뒤에서 걷어찬다든지 하는 자잘한 시비에서부터 직접적인 구타에 이르기까지 괴롭힘의 범위는 상황과 대상에 따라 다양했다.

"안에 있으면 진짜 힘들거든요. 잠도 제대로 못 자고 밥도 못 먹을 정도로 압박이 심하고 스트레스가 엄청 쌓여요. 그걸 저희에게 푼 거 같아요. 장난감 가지고 놀듯이."

이수호 연습생이 한율 연습생에게 구타당한 증거라며 입고 있던 상의를 들추자 옆구리에 희미한 멍 자국이 나타났고 카메라가 2초간 이를 클로즈업했다.

화제의 중심, 범인 투표 3위를 차지한 류찬영 연습생과 관련된 인터뷰는 총 두 명의 것이 송출됐다. 첫 번째는 K&M 정지호 연습생으로, 3차 순위발표식에서 37위로 탈락했다. 두 번째는 K&M 이현우 연습생으로, 2차 순위발표식에서 41위로 탈락했다. 이들은 류찬영 연습생이 양준우 연습생과 두 번이나 같은 무대를 하는 과정에서 센터 경쟁을 하며 그를 극도로 경계하였으며, 점수에 집착하는 모습을 보였다고 주장했다. 방송에 비친 남을 배려하는 따뜻한 모습도 다 가식이었다고 폭로했다. 그리고 제작진은 '긴급 입수'라는 자막을 띄워 모바일 메신저 단체 채팅방의 캡처 이미지를 공개했는데, 이에 따르면 류찬영 연습생이 몇몇 팬들과 사적인 교류를 주고받으며 고가의 명품 선물을 요구했다고 했다.

인터뷰 영상이 종료되자 MC 강혜성은 패닉 상태에 빠진 용의자 연습생 세 명을 무대 가운데로 나오게 하고 최후 변론을 시켰다. 세 명은 모두 자신은 살인자가 아니라고 눈물로 호소했다. 특히 류찬영 연습생은 거의 뜻을 알아들을 수 없을 정도로 심하게 흐느꼈다. 지리멸렬하고 요점을 포착하기 힘든 이 최후의 변론을 듣고 난 후, 객석에 있던 89명의 연습생들이 투표로 다시 단 한 명의 용의자를 정했다.

류찬영 연습생이 1위로 선정되었다.

B연습생은 류찬영 연습생이 범인이라고 생각해본 적이 없고, 그에게 투표하지도 않았다고 말했다. 류찬영 연습생은 참가

자들 사이에서 인기가 많은 편이었다. 본방송에서 그는 연습생들이 뽑은 '내 여동생에게 소개하고 싶은 연습생' 1위, '덕질하고 싶은 연습생' 2위를 차지한 바 있다. 탈락한 연습생들끼리 사전 범인 투표를 할 때에도 류찬영 연습생을 의심하는 분위기는 없었다고 한다. B연습생이 이상한 낌새를 느낀 것은 당일 개인 인터뷰 때였다.

"갑자기 찬영이 형에 대해 어떻게 생각하냐고 물어봤어요. 좋은 형이라고 하니까 계속 여러 가지를 꼬치꼬치 캐묻더라고요. 평소 불편하게 했거나 어려웠던 점이 있었는지."

본방송에서 류찬영 연습생에 대해 불리한 사실을 털어놓은 정지호 연습생과 이현우 연습생은 모두 K&M 소속이었다. K&M은 〈디 아이돌〉이 방영된 TM미디어의 자회사다. 이와 관련하여 K&M과 해당 연습생들에게 인터뷰를 요청했으나 거절당했다.

장인혜 메인PD는 1화의 범인 투표에는 개입이나 조작이 없었다고 주장했다.

후일 재판부는 〈디 아이돌 특별 편:소년 단죄〉 1화에서 조작이 있었다고 발표했다. 조작 대가로 장인혜 PD는 4억 1천만 원을 수령하였다. 돈의 출처는 불법 도박 사이트를 운영하는 대부업체로, 재판부는 당시 1화의 범인 투표 1위를 맞히는 베팅에서 가장 배율이 높았던—다시 말해 가장 의심을 받지 않았던—류찬영 연습생이 범인으로 뽑혔고, 사전에 그에게 판돈을 걸었던 사이트 운영진이 막대한 수익을 얻어 장 PD와 나누었다고 설명했다.

그러나 이 사실이 밝혀지기까지는 아직 1년 9개월이 흘러야 한다.

MC 강혜성이 룰을 설명했다.

"범인 투표에서 1위를 한 류찬영 연습생에게는 자신이 생각하는 범인 한 명을 선택할 수 있는 특권을 드립니다. 그럼 이 두 명의 용의자가 거짓말 탐지기 앞에서 최후의 질문을 받게 됩니다."

류찬영 연습생이 울먹이며 한율 연습생을 지목했다. 두 연습생이 준비된 의자에 앉아 거짓말 탐지기 센서를 몸에 부착했다.

04

사망자에 대한 예의죠

양서연(가명, 19세)이 영어 학원에 가기 위해 방에서 나오자, 식탁에 앉아 있던 이희선(가명, 47세)이 종이 뭉치를 건넸다.

"학원 가서 애들한테 돌려."

"싫어!"

"넌 오빠가 저렇게 고생하는데 동생이 돼서 이 정도도 못 해?"

이희선이 가방에 억지로 종이를 집어넣자 양서연이 짜증을 내며 현관문을 세게 닫았다.

가는 길에 쓰레기통이 보이면 바로 버릴 것이다.

오빠가 〈디 아이돌〉 시즌 3에 출연하자 양서연의 엄마는 투표를 부탁하는 전단지를 만들어 매일 학교와 학원가에 나갔다. 하굣길 교문 앞에서 전단을 돌리며 굽신대는 엄마를 발견했을 때 양서연은 창피해서 후문으로 도망쳤다. 안 그래도 학교에서 내내 시달렸는데.

두 살 터울인 오빠와 양서연은 같은 초등학교, 중학교, 고등학교를 다녔다. 오빠는 축제 때마다 화려한 스트리트댄스로 인기를 끌었고 그 모습을 보러 다른 학교에서까지 팬들이 찾아왔다. 양서연의 눈에는 아무리 봐도 사마귀처럼 생긴 얼굴도 귀엽다며 좋아했다. 어느 학교를 입학하든 '니가 준우 동생이니?'라는 말을 들었고 양서연의 귀에는 그 말이 '너 같은 게 설마 준우 동생이니?'로 번역되었다. 양서연은 피부 트러블이 잦았다. 늘 반에서 5등 안에 들었지만 1등을 해본 적은 없었다. 고3이 되자 살이 많이 쪘다. 몸무게가 80킬로그램을 넘겼을 무렵 〈디 아이돌〉 시즌 3이 시작됐다. 어제도 양서연은 복도에서 '헐 진짜 쟤가 양준우 동생이라고?'라는 말을 들었다.

버스 정류장 근처에서 쓰레기통을 발견하고 양서연은 엄마가 억지로 쥐여준 전단지를 던져 넣었다. 무대에서 활짝 웃는 소년의 얼굴이 담뱃재에 파묻혔다.

같은 시각 이희선은 외출 준비 중이었다. 노란색 체크무늬 원피스를 입고 선크림을 발랐다. 아들이 〈디 아이돌〉 시즌 3 촬영을 시작한 후 이희선의 일상은 한결같았다. 아침 등교 시간에 학교 앞을 찾아가 전단지를 나눠주고, 10시부터 3시까지 마트에서 일한 뒤, 하교 시간에 맞춰 초등학교 - 중학교 - 고등학교 순서로 찾아가 다시 전단지를 돌렸다. 저녁에는 남편의 식사를 대충 챙기고는 데스크톱 앞에 앉아 전단지 내용을 보완하거나 아들에 대한 반응을 검색하며 시간을 보냈다. 주말에는 주로 학원가를 공략했다. 지난주에는 팬들이 찾아왔다. 같이 전단지를 돌리고 사진도 찍었다. 인터넷 무슨 게시판에 글이 올라왔다고 했다. 이희선은 행복했다. 스스로가 반짝이고 있다는 기분이 든 것은 아주 오랜만이었다.

이희선은 결혼 전에 한 기획사와 계약을 한 적이 있었다. 부모에게는 비밀이었다. 앨범 제작비가 부족하다기에 500만 원을 건넸다. 당시로서는 꽤나 큰 금액이었다. 기획사는 그 뒤로 연락을 받지 않았다. 이희선은 자신의 외모와 끼를 그대로 물려받은 아들에게 유독 마음이 쓰였다. 데뷔를 하지 못하고 소속사를 떠도는 것을 보면 가슴이 미어졌다. 이희선에게는 확실히 아들이 딸보다 더 아픈 손가락이었다.

오늘 이희선은 조금 멀긴 하지만 노원 쪽에 가볼 계획이었다. 모자를 찾고 있는데 핸드폰이 울렸다. 아들인 양준우 연습생이 사망했다는 연락이었다.

장인혜 PD는 〈디 아이돌 특별 편: 소년 단죄〉에서 가장 힘들었고 또 가장 공을 들였던 일이 양준우 연습생의 유가족 섭외였다고 말했다. 처음 찾아갔을 때는 현관에서 뺨을 맞았고 다음에는 어깨가 밀려 아파트 복도에 넘어졌다. 세 번째에서야 간신히 집 안으로 들어갈 수 있었고 두 시간 동안 무릎을 꿇고 설득했다. 반드시 진실을 밝혀내겠다는 약속을 했다. 애걸복걸을 해도 도무지 먹히지 않자 막판에 장 PD는 서류 두 장을 꺼냈다. 지난 두 차례 방문 때 자신이 폭행을 당했다는 사실을 증명하는 상해 진단서였다.

"온갖 루머가 판을 치고 있던 때였거든요. 피해자라고 예외는 없었죠. 그 무렵에 준우가 사실은 살해당한 게 아니라 상습적 약물 투여로 사망했는데 아버지가 정부 고위 관계자라서 살인 사건으로 틀어막았다는 지라시가 돌고 있었거든요. 당연히 전혀 근거가 없죠. 준우 아버지요? 제가 알기로 손톱깎이 만드는 제조 회사에서 일하고 계실 거예요."

장인혜 PD는 상해 진단서를 흔들며 이렇게 말했다고 한다. 어머니 아버지, 또다시 준우의 명예가 훼손되게 두고 보실 건가요.

"그때 준우 아버지께서 주먹을 꽉 쥐시더라고요. 또 맞을 뻔했죠. 하하."

결론적으로 장인혜 PD는 더 이상 맞지 않았고 유가족이 출연한 추모 영상을 찍을 수 있었다. 이 영상은 류찬영 연습생과 한율 연습생이 거짓말 탐지기에 손을 올린 직후 20분간 방영되었다. 시청자들에게는 시간 끌기라며 욕을 먹었지만, 장 PD는 이 영상이 프로그램 전체에 반드시 필요한 핵심이었다고 말했다.

"사망자에 대한 예의죠. 인간에 대한 예의고."

추모 영상은 양준우 연습생 집에서 그의 어린 시절을 훑은 다음 모교인 ㄱ대학교 실용음악학과로 이동한다. 여기서는 교수인 가수 김진섭과 후배 우재영의 인터뷰가 방송을 탔다. 양준우 연습생과 함께 만든 곡이라며 눈물을 흘리며 기타를 치는 후배 우재영의 모습은 방송 후 소소하게 화제가 되었다. 직접 만나 촬영 당시 상황을 물어보았다.

"공식적으로 촬영 협조 요청이 들어왔다고 알고 있거든요. 김진섭 교수님은 준우 형네 학번 지도 교수라서 컨택이 된 걸로 알고 있고, 김진섭 교수님이 저를 추천해주셨어요."

우재영은 선별된 인터뷰이였다. 그렇다고 인터뷰 내용이 다 거짓이었던 것은 아니었다. 실제 우재영은 양준우 연습생과 몇 차례 술자리에서 같은 테이블에 앉은 적이 있었다고.

―그렇다면 영상에서 나온 것처럼 절친한 사이까지는 아니었던 거죠?

"그거는…… 사람마다 관계에 대한 정의는 상대적인 거잖아요."

적당히 안면만 있는 사이라는 말을 우재영이 돌려 말했다.

―양준우 연습생과 함께 만들었다는 곡은요?

"저희 과에 술자리에서 부르는 레퍼토리가 있거든요. 일종의 구전 가요랄까요. 그걸 약간 편곡했어요. 어차피 여러 사람이 조금씩 만든 노래니까 괜찮을 것 같아서."

저작권은 방송 이후 본인 이름으로 등록했다고 한다.

"그 인터뷰가 나오고 기획사 세 곳에서 연락이 왔어요."

우재영 연습생은 실력과 외모가 준수하여 학과에서도 주목받는 기대주였다. 이후 한 기획사와 계약하여 데뷔 준비를 하였으나 무산되었다. 작사 작곡과 프로듀싱을 하는 실력과 아이돌 밴드 콘셉트였는데, 비주얼이 부족하다는 의견이 있어 교체되었다고 한다. 우재영은 현재 실용 음악 입시 학원에서 시간제 강사로 아르바이트를 하며 학업에 전념하고 있다.

"음악이 좋아서 여기에 왔는데. 좀 환멸 나요."

실명으로 인터뷰를 내보내도 정말 괜찮겠냐는 질문에 우재영이 고개를 끄덕이며 덧붙인 말이다.

"내년부터는 공무원 시험 준비하려고요."

추모 영상의 대미를 장식한 곳은 양준우 연습생의 유골이 안치된 ㄴ메모리얼파크였다. 설립 직후부터 프리미엄 서비스와 엄격한 보안을 강조하여 사망한 유명인들이 다수 안치되어 있는 추모 공원이었는데, 어떻게 촬영을 허가받았는지 궁금했다.

"거긴 진짜 까다로웠어요."

장인혜 PD가 생각만 해도 질린다는 듯이 고개를 저었다. 촬영 시간과 장소는 물론 촬영 인원, 카메라 대수와 각도까지 협의가 필요했다고 한다. 그중에서도 가장 오랜 논의가 필요했던 것은 꽃 장식과 미니어처 노출 횟수와 시간이었다. ㄴ메모리얼 파크에서는 신규 수입원으로 납골 칸 액세서리 사업을 키우고 있었는데, 주요 아이템이 꽃과 미니어처였다. 꽃은 리스 형태가 잘나가고 미니어처는 고인이 생전 머물던 집이나 방, 차 등을 똑같이 디자인하여 구비하는 것이 유행이라고 했다. 양준우 연습생의 납골 칸에도 거처하던 방을 그대로 재현한 미니어처가 비치되었다. ㄴ메모리얼파크 쪽에서는 리스 꽃 장식에 3초, 미니어처에 5초의 노출을 요구하였으며 특히 미니어처 노출 시 '준우의 방을 그대로 재현'이라는 자막을 넣을 것을 요구했다고 한다. 그렇게 까다로운 요구 사항을 다 맞춰가며 촬영을 마치고 편집을 해 갔는데, 장인혜 PD의 직속 상관인 도재선 CP에게 바로 재촬영 지시가 내려왔다.

"추모를 하러 온 팬들이 다 동양인이라고……."

그해 TMB는 공식 캐치프레이즈를 '음악으로 만나는 새로운 세상'에서 'K-POP MIRACLE'로 바꾸며 글로벌 K-POP 방송 채널이 되겠다는 포부를 밝혔는데, 그런 시각에서 양준우를 추모하러 온 팬들이 모두 머리가 검은 동양인 여성이라는 점이 윗

선에서 문제가 되었다. 장인혜 PD는 서둘러 백인 아르바이트생들을 동원하여 재촬영을 했다. 그러다 미국 오하이오주 출신이라고 인터뷰했던 여성이 실은 우크라이나 출신으로 모 속옷 브랜드 전속 모델로 활동하고 있다는 것이 드러나 방송 이후 논란이 되기도 했다.

이러한 우여곡절 끝에 제작된 추모 영상은 장난을 치며 밝게 웃는 양준우 연습생의 얼굴을 줌인하며 끝이 났다.

다시 긴박한 음악과 함께 현장으로 돌아온 카메라가 얼어붙어 있는 류찬영 연습생과 한율 연습생을 비췄다. MC 강혜성이 나와서 앞으로의 과정을 설명했다.

"두 연습생은 서로에게 세 가지 질문을 던집니다. 첫 번째와 두 번째 질문은 정해져 있습니다. '당신의 이름은 ○○○입니까?'와 '당신은 남자입니까?'입니다. 이런 당연한 질문을 하는 이유는 평소 진실을 말할 때의 반응을 기록하여 마지막 질문에서 비교하기 위해서입니다. 그리고 나서 상대에게 진짜 궁금한 세 번째 질문을 던지세요. 반드시 '예'와 '아니오' 두 가지로 답할 수 있는 질문이어야 합니다. 질문을 받는 연습생은 꼭 대답을 해야 하고, 그 대답의 진위 여부를 거짓말 탐지기가 가려줄 것입니다."

먼저 한율 연습생이 류찬영 연습생에게 질문을 했다.

당신의 이름은 류찬영입니까? 네. 당신은 남자입니까? 네.

"당신은 양준우를 죽였습니까?"

"아니오."

류찬영이 흐느끼며 대답했다. 스크린에 '진실'이라는 단어가 붉은 글씨로 커다랗게 떠올랐다. 류찬영 연습생이 센서가 붙은 손으로 눈물을 닦았다. 그가 질문할 차례였다. 앞선 질문과 동일한 질의가 반복됐다. 그리고 마지막 질문이 이어졌다.

"당신은 양준우를 죽였습니까?"

"아니오."

한율 연습생이 이를 악물고 눈물을 참았다. 결과는 마찬가지로 '진실'이었다. 지켜보고 있던 나머지 용의자 연습생들과 89명의 탈락한 연습생들이 여기저기서 참았던 숨을 내쉬었다. 강혜성이 장내를 정리했다.

"이번 화에서 범인 검거에 실패했으므로, 우리의 추리는 이제 다음 화로 이어집니다. 국민 배심원 여러분. 과연 당신의 소년을 죽인 범인은 누구일까요?"

〈디 아이돌 특별 편: 소년 단죄〉1회 방송이 종료되었다.

05

진짜 범인을 찾아내기라도 해야 돼요?

다음 날 저녁까지 포털 사이트 실시간 검색어 순위는 1위 '류 찬영', 2위 '한율', 3위 '소년 단죄'가 차지했다. 팬들의 노력으로 '류찬영 사랑해'가 잠시 19위에 오르기도 했다. 용의자 연습생 열 명의 팬 게시판 및 팬 카페에서 대책위원회가 결성되었고 이 들은 합동으로 프로그램을 보이콧하는 성명서를 발표했다.

⟨디 아이돌 특별 편 : 소년 단죄⟩ 보이콧 성명서

권희종, 류찬영, 백세민, 서노아, 안민영, 이하성, 임의현, 정 서준, 제이든, 한율의 팬 연합(가나다순. 이하 10인 팬 연합)은 인간으로서의 존엄성을 저해하고 사회 정의 구현에 해악을 끼치는 TMB ⟨디 아이돌 특별 편 : 소년 단죄⟩와 관련된 콘텐츠를 일절 소비하지 않을 것을 선언한다. 본 성명서에서 지칭하는 콘텐츠는 방송, 비디오 클립, 비하인드 포토 등 일체의……

그러나 방송 직후 올라온 추모 무대 연습생별 아이콘택트 영상의 조회 수는 빠른 속도로 늘어나 류찬영 연습생의 경우 하루 만에 50만 회를 돌파했다. 관련된 다양한 GIF 이미지가 만들어져 퍼지기 시작했고 류찬영 연습생이 경악하는 표정이나 권희종 연습생의 떨떠름한 표정 등이 밈으로 인기를 얻기 시작했다. 그들이 눈물을 흘리는 장면을 팬들은 '성수(聖水)'라며 남몰래 칭송하고 유머 사이트에서는 '착즙'이라고 비아냥거렸다. 욕하고 증오하고 환호하며 즐거워하는 함성들이 넘쳐났다.

의외의 호황을 맞이한 곳은 거짓말 탐지기 제조사였다. 휴대용 사이즈 거짓말 탐지기를 제조하는 ㄷ완구 회사는 방송 이후 판매량이 800퍼센트 상승했다고 밝혔다. 이 회사는 다양한 고객층을 만족시키기 위해 디자인을 차별화하여 블랙, 골드, 핑크 버전 거짓말 탐지기를 빠르게 출시했다. 기획, 디자인에서부터 제조 라인까지 생산 역량이 전부 내재화되어 있어 가능했던 일이라며 담당자는 자랑스러워했다.

인터넷 커뮤니티 운영자도 수혜를 입었다. 연예계 이슈 관련 게시판 비중이 큰 ㄹ커뮤니티는 방송이 끝나자마자 방문자 수가 평소의 네 배를 상회했고 게시글이 1분에 열 페이지꼴로 증가했다. 각종 언론 매체는 자극적인 제목을 달아 조회 수 경쟁에 돌입했고, 카드 뉴스를 메인으로 하는 소셜 미디어 매체들도 기회를 놓치지 않았다. '류찬영 충격의 인성 논란' '한율 학폭 증거' '우는 모습이 천사 같다는 반응이 쏟아지는 연습생 3인' '양준우가 왕따였다는 결정적 장면' '연습생 담타(담배 타임)의 진실' 등 콘텐츠가 쏟아졌다. 유튜버들도 비슷한 제목으로 〈디 아이돌〉 시즌 3과 〈디 아이돌 특별 편: 소년 단죄〉 1화를 짜깁기한 영상을 내놓았으나 TMB의 저작권 신고로 모두 삭제되었다.

반면 피해 또한 속출했다. 같은 날 같은 시간에 첫 방영한 타 방송사 예능 프로그램은 시청률과 화제성에서 그야말로 죽을 쒔다. 40대 톱 여성 배우들이 자신의 반려견을 데리고 외국에 나가 먹방을 찍는 기획이었다. 그 주에 데뷔한 신인 아이돌 그룹 쇼케이스도 조용히 묻혔고, 폭풍 같은 반전으로 연일 화제를 불러일으키던 공중파 주말 드라마도 관련 기사가 현저히 줄어들었다. 여자 주인공이 자신의 예비 신랑이 사실은 육촌 친척이라는 것을 알게 되는 결정적인 회차였다. 모 스타 PD가 새 프로그램 론칭 일정을 미루고 있다는 소문도 흘러나왔다. 그 주 수요일에 발표된 방송 프로그램 화제성 지수에서 〈디 아이돌 특별 편: 소년 단죄〉는 비드라마 분야 1위, 류찬영 연습생은 같은 분야 출연자 1위를 차지했다. 압도적인 수치였다. 〈디 아이돌 특별 편: 소년 단죄〉가 블랙홀처럼 방송가의 화제성을 빨아들이고 있었다.

장인혜 PD는 프로그램에 대한 반응이 예상보다 훨씬 격렬한 것을 보고 한국의 미디어 패러다임이 확실히 변화한 것을 느꼈다고 한다.

"리얼 버라이어티니 관찰 예능이니 해도, 시청자들은 그게 대본인 걸 이미 알고 있잖아요. 더 날것의 갈등과 더 날것의 고뇌가 필요해진 거예요. 저는 그 핵심을 진정성이라고 말하고 싶어요."

그러나 장인혜 PD가 언급한 '진정성'이라는 단어에 대해서는 이론의 여지가 있을 듯하다. 실제 〈디 아이돌 특별 편:소년 단죄〉 1화가 방영된 후, 이 프로그램이 억울한 죽음을 기리고 범인을 찾아 일벌백계한다는 본래 취지와는 무관하게 연습생들의 인성 논란만 부각하며 자극적인 콘텐츠를 나열한다는 지적이 쏟아졌다. 《올앤미디어》박상희 기자는 '온라인에서 벌어지는 인성 검증을 방송으로 옮기기만 했을 뿐인 비열하고 게으른 리얼리티 쇼'라고 비난했고 문화 평론가 최윤섭은 '사망자에 대한 존중은 눈을 씻고 봐도 없고, 연습생들을 희생양으로 삼아 자극만을 나열한 쓰레기 프로그램'이라며 격한 거부감을 드러냈다.

장인혜 PD는 정말로 억울하다는 듯 격양된 목소리로 말했다.

"아니, 그럼 예능이 진짜 범인을 찾아내기라도 해야 돼요?"

범인을 찾는 것은 어디까지나 공권력이 책임져야 하는 일이며, 예능은 재미라는 정체성을 확고히 해야 한다는 주장이었다. 그 과정에서 수사에 도움이 될 수는 있지만, 어디까지나 부수적인 효과라는 것이 장인혜 PD의 기본 입장이었다. 거짓말 탐지기를 사용하는 것도 법적 증거로 채택되지 않기 때문이라고.

그렇다면 〈디 아이돌 특별 편:소년 단죄〉는 수사에 어떤 영향을 줬을까?

"제보 전화가 많이 들어오긴 했어요."

당시 수사팀 소속이었던 C경장을 어렵게 만났다. 경찰서에서 조금 떨어진 국밥집에서 진행된 이 인터뷰에서 C경장은 시종일관 수동적이고 방어적인 태도를 보였다. 본 사건으로 인해 내·외부적으로 많은 공격을 받은 모양이었다. 아무튼 그에 따르면 프로그램이 방영된 후 급격히 제보가 늘었으며, 모든 제보에 경찰은 일일이 조사를 나갔고, 전부 허탕을 쳤다고 말했다.

"애초부터 저희는 열 명의 연습생 중에 범인이 있다고 봤으니까요. 폐쇄적인 공간에서 발생한 일이라 외부 제보에 큰 기대를 하진 않았어요. 그래도 혹시 모르니까."

C경장은 당시에도 이 사건 수사가 묘하게 더디게 진행되는

느낌을 받았다고 했다. 그래서 방송을 통해 실마리라도 잡을 수 있기를 기대했던 건 사실이었다고.

"형사로서의 감으로 느꼈던 건 이게 그렇게까지 오래갈 사건은 아니었거든요. 이상했죠."

실제 경찰 수사는 용의자가 연습생 열 명 중 한 명이라는 것에서 멈춘 채 지지부진했다. 스물네 시간 거의 모든 곳에 CCTV가 설치된 합숙소에서 벌어진 살인 사건이 이렇게까지 미궁에 빠진 것에 대하여 경찰의 무능을 비판하는 목소리가 높았다. C경장이 화가 난다는 듯이 대꾸했다.

"맞아요. 우리가 무능하고 부패했습니다. 그래요. 다 우리 잘못입니다."

울컥한 나머지 목소리가 흔들렸다. C경장은 사건 이후 교통과로 보직이 이동되었다가 현재 파출소 발령을 앞두고 있었다. 그는 이 변화를 좌천이라고 표현했다.

수사 진척 상황과는 별개로 프로그램은 연일 호재를 맞이했다. 트위터에서 7천 6백만 명의 팔로워를 가진 미국 팝스타 케이시 로드가 'Korean crazy tv show'라는 코멘트와 함께 영어 자막이 달린 〈디 아이돌 특별 편: 소년 단죄〉 1화 하이라이트 영상을 공유했다. 해당 트윗은 11만 회 리트윗되며 폭발적인 관심을 끌었다. 이 덕분에 글로벌 영상 스트리밍 사이트와 수익 배분

협상이 비교적 용이했다고 장인혜 PD가 말했다. 다음 날에는 일본의 극우 성향 시사 평론가가 아침 와이드 쇼에서 한 발언이 화제가 되었는데, 요지는 한국인은 마녀사냥을 좋아하는 특징이 있고 이번에는 아이돌 연습생들이 그 타깃이 되었다는 것이었다. 누가 봐도 〈디 아이돌 특별 편:소년 단죄〉를 겨냥한 말이었고 공분한 한국 네티즌들이 앞다투어 반박하는 댓글을 남기기 시작했다. 그들의 주장을 종합하면 〈디 아이돌 특별 편:소년 단죄〉야말로 한국인의 민주적이고 평등한 문제 해결 능력을 보여주는 증거이자, 대놓고 덮기 바쁜 일본의 기형적 민주주의와는 차원이 다른 선진적 민족의식의 산물이었다. 장인혜 PD는 이 시사 평론가의 발언이 화제가 된 날 기분이 좋아 일본산 맥주 한 캔을 마시고 잠들었다고 한다.

이렇게 〈디 아이돌 특별 편:소년 단죄〉가 화제를 싹쓸이하고 있는 와중에 2화 예고 영상이 발표됐다. 1화 예고 영상과 마찬가지로 유호성 PD가 편집을 맡았다. 2화 예고 영상은 제법 본격적인 추리물 느낌을 풍겼다. 연습생들이 누군가의 도움을 받아 CCTV를 분석하고 핸드폰을 검사하는 장면이 나온다. 이때 '누군가'의 얼굴은 모두 모자이크되어 나왔다. "어, 이거 봐." "디지털 포렌식 수사가 뭐야?" "진짜 ○○○(무음 처리)가 범인이야?" 같은 말들이 두서없이 흘러나오고 어디론가 다급하게 뛰어가는 신발들을 줌인하며 영상은 종료되었다. 총 31초 분량이었다. 1화에 비해서도 그렇고, 일반적인 예능 예고 영상으로서도 짧고 불친절했다. 유호성 PD는 장인혜 PD 지시였다고 말했다.

"최대한 구체적인 내용을 언급하지 말라고 했어요."

유호성 PD가 잠시 생각에 잠겼다. 적당한 말을 고르는 것 같았다.

"아시다시피 2화가…… 많이 충격적이어서."

06

그러고도 사람이야?

연습생들이 커다란 강당 한복판에 둥글게 모여 MC가 들어오길 기다리고 있었다. 1화에서 범인으로 지목당한 류찬영 연습생 얼굴에는 메이크업으로도 가릴 수 없는 어두운 기운이 가득했고, 최연소인 이하성 연습생은 이미 한차례 울고 온 듯 눈가가 젖어 있었다.

MC 강혜성은 이번에는 톰브라운의 스리피스 그레이 슈트를 입고 나타났다. 조끼 밑단에 살짝 드러난 브랜드 시그니처 패턴이 엄숙한 분위기에 경쾌함을 더했다. 강혜성이 인사를 하자 정서준 연습생이 반사적으로 박수를 치려다가 손을 내려놨다.

"잘 지냈어?"

친근한 강혜성의 목소리에 몇몇이 힘없이 고개를 끄덕였다. 화면 밖, TMB 홈페이지 온에어 채팅 창에는 '단체로 나라 잃은 줄'이라는 댓글 밑으로 'ㅋㅋㅋㅋㅋㅋㅋㅋㅋ'가 줄줄이 따라 올라왔다. 강혜성이 앞으로 걸어나와 연습생들과 마주 섰다.

"오늘은 단체전입니다."

팀을 나누라는 뜻인가? 스무 개의 눈이 불안한 기색으로 서로를 쳐다보았다.

"여러분을 도와줄 조수들을 모시겠습니다."

강혜성의 큐 사인에 민트색 트레이닝복을 입은 사람들이 우르르 강당으로 들어왔다. 화면에는 얼굴이 모두 모자이크 처리가 되어 송출되었다. 조금 우왕좌왕하더니 이내 연습생들 뒤로 줄을 섰다.

"뒤에 계신 분들은 여러분의 무죄를 증명하고 범인을 밝히는 이번 미션에 동참해주실 든든한 응원군입니다. 홈페이지에서 여러분에게 투표한 이력이 있는 팬들 중 특별한 심사를 거쳐 선발하였습니다."

민트색 옷을 입은 조수들이 작게 박수를 쳤다.

"이제 여러분은 저희가 제공하는 전자 기기를 활용할 수 있으며 조수들의 도움을 받을 수 있습니다. 최대한 자신에게 유리하고 범인에게 불리한 정보를 찾아주시면 됩니다."

연습생 한 명당 배정된 조수는 세 명이었다. 제한 시간은 네 시간.

카메라가 세팅된 작은 방에 민트색 옷을 입은 조수 한 명이 들어왔다. 편의상 그를 조수1이라고 부르자. 제작진이 인터뷰를 시작했다.

– 어떻게 여기까지 오게 되셨어요?

"어, 그게……."

조수1이 겸연쩍다는 듯이 웃었다.

"촬영에 협조하면 고소 취하하신다고 들어서요."

연습생과 조수 들이 각자 지정된 방으로 흩어졌다. 서로 통성명하고 아이스브레이킹을 하는 동안 가까스로 연습생들 입가에 미소가 걸렸다. 네 시간은 길다면 길고 짧다면 짧은 시간이다. 무엇부터 시작해야 할지 연습생들이 고민에 빠졌다. 위드미디어 백세민 연습생이 책상 위에 놓인 노트북 네 대를 보며 머리를 긁적이자 지켜보고 있던 조수1이 입을 열었다.

"우리 쉬운 것부터 해요. 일단 오빠가 용의자가 아니라는 것부터 증명하면 좋을 것 같아요."

다시 인터뷰가 진행되는 작은 방. 조수1이 프린트물을 들고 난감해하고 있다.

"이걸 직접 읽으라고요?"

곧 목소리를 가다듬고 조수1이 인쇄된 내용을 읽기 시작했다.

"백세민 완전 쓰레기 한남 전형인데 인기 있는 거 보면 세상이 불공평하다는 생각만 듦. 나 백세민 과 후배인데 여자 따먹고 떠벌리고 다니는 걸로 유명해서 입학할 때부터 여자 선배들한테 백세민은 조심하라고 얘기 많이 들었음. 내 동기도 이 오빠랑 자고 소문 퍼져서 걸레 취급당하고 휴학함. 아는 사람 많은데 왜 쉬쉬하는지? 빽이 든든한가 봄. 학생증 인증할 테니까 믿기 싫으면 말든지."

조수1은 백세민 연습생에 대해 허위 사실을 유포한 혐의로 고소장을 받았다. 실제 조수1은 백세민 연습생이 다니는 대학에 입학하였으나 학과가 달라 안면은 없었다고 한다. 소속사 위드미디어가 고소 절차를 밟고 있는 중에 제작진이 섭외했다.

— 왜 이런 루머를 퍼뜨렸어요?

제작진의 질문에 조수1이 뭘 그런 걸 묻냐는 듯 손등으로 입을 가리고 웃었다.

"그런데 무죄를 어떻게 증명하죠?"

백세민 연습생이 조수1에게 되물었다. 옆에서 듣고 있던 조수2가 조심스럽게 끼어들었다.

"알리바이 같은 건 없어요? 그날 행적 같은 거?"

조수2는 백세민 연습생 SNS 계정으로 지속적인 욕설을 보내 고소 리스트에 이름을 올렸다. 제작진 앞에서 자신이 백세민 연습생에게 보낸 메시지를 읽는 그의 목소리에는 거침이 없었다.

"○○(무음 처리) 같은 ○○○○○○(무음 처리)야. 니 같은 ○
○(무음 처리)는 ○(무음 처리)를 ○○(무음 처리)해서 ○○○에
(무음 처리) 거꾸로 박아버려야 정신차리지 이 ○○○○(무음 처
리)야. 니 ○○○(무음 처리) ○○○○○(무음 처리)해버릴 테니
까 ○○ ○○○○(무음 처리)."

백세민 연습생이 조수2의 질문을 듣고 잠시 생각에 빠졌다.
사건 당일 행적이야 경찰 조사에서 몇 번이나 얘기하긴 했다. 천
천히 기억을 더듬는 눈빛이 조심스러웠다.

"아침에 일어나서 먼저 씻었어요. 샤워장엔 저밖에 없었고요.
다 씻고 나왔을 때는 한율이가 들어왔고. 식당에 갔더니 의현이
랑 제이든이 있어서 같이 먹었어요. 숙소에 들어가서 옷 갈아입
고, 준비하고, 그 이후에는 연습실에서 계속 있었어요. 화장실
몇 번 왔다 갔다 하고. 그러다가 간식 상자가 들어와서 촬영하는
데, 옆 팀 연습실에서 사고가 났다는 소식을 들었어요."

"간식 상자는 누가 들고 왔어요?"

질문을 던진 조수3은 조수1, 2에 비해 수법이 좀 더 지능적
이고 집요했다. 조수3은 백세민 연습생이 걸그룹 연습생과 사
귀다 차인 후 스토킹을 했다는 루머를 퍼뜨렸는데 이를 뒷받침
하기 위해 지인의 사진을 도용하여 가상 SNS 계정을 운영했다.
또한 백세민 연습생 계정에 올라온 사진 속 장소를 직접 찾아가

촬영한 후 날짜를 조작해, 마치 걸그룹 연습생이 방문한 장소를 백세민 연습생이 몰래 따라다닌 것 같은 근거 자료를 만들었다.

"아니 근데 저는 연예인 할 거면 이 정도는 각오해야 된다고 생각하거든요?"

조수3이 억울하다는 듯이 목소리를 높였다.

"멘탈이 약하면 연예인 하질 말아야지. 그 대신 우리 같은 사람은 꿈도 못 꿀 정도로 돈을 많이 벌잖아요."

연습생들에게 배정된 세 명의 조수들은 모두 소속사에서 고소를 진행 중이던 강도 높은 수준의 악플러들이었다. 이 악플러들이 제작진에게 받은 미션은 네 시간 동안 해당 연습생이 진범이라는 증거를 밝혀내는 것이었다.

어스엔터 임의현 연습생에게 배정된 조수4는 아무리 추궁해도 별다른 혐의점이 나오지 않자 방향을 선회하여 신상을 캐는 전략을 택했다. 안부를 묻는 것처럼 가볍게 질문하는 말투가 산뜻했다.

"그럼 지금 서울 가리봉동에 살아요? 계속 살았어요?"

"네."

"혹시 의현이 조선족이니?"

조수4는 게이 포르노 영상 캡처 이미지에 임의현 연습생 얼굴을 합성하여 배포한 혐의를 받고 있었다. 조선족이라는 말을 듣고 옆에 서 있던 조수5가 양손으로 입을 막으며 숨을 들이켰다. 조수5는 임의현 연습생 사진을 장례식장 영정 사진에 합성하여 게시하였다. 임의현 연습생이 겁을 먹은 듯한 표정으로 머뭇거리다가 조심스럽게 고개를 끄덕였다. 성희롱 글을 게시한 조수6이 그런 게 뭐가 중요하냐며 그를 감쌌다.

"조선족이래요."

다음 화면에서 조수6이 흥분한 말투를 감추지 못하고 말했다. 개인 인터뷰 영상이었다.

"조선족들은 평소에도 칼 들고 다닌다면서요."

K&M 안민영 연습생 방에서는 범인 찾기는 뒷전이고 본격적인 인생 상담이 벌어지고 있었다.

"아버지가 엄마랑 형을 자주 때렸어요. 그러다가 제가 초등학교 들어갈 때 아예 집을 나가셨어요."

눈물 한 방울이 책상으로 톡 떨어졌다. 안민영 연습생은 열아홉 살이라는 비교적 어린 나이에도 주변을 돌보는 배려심 있는 태도로 많은 팬들의 지지와 응원을 받고 있었다. 그런 그가 처음으로 털어놓는 속사정이었다. 살해 협박 혐의의 조수7이 어깨를 토닥이며 다정하게 위로했다.

"많이 힘들었겠다."

이어서 안민영 연습생은 최근 아버지가 방송을 보고 찾아와서 돈을 요구한 사실을 털어놨다. 허위 사실 유포와 명예훼손 혐의의 조수8, 9가 앞다퉈 화를 냈다.

"진짜 뻔뻔하네!"

"그러고도 사람이야?"

방송 시간 기준 47분 후, 조수7, 8, 9는 '가정 폭력을 당한 사람은 마찬가지로 폭력적인 사람으로 자라기 마련'이라는 논리로 안민영 연습생을 범인이라고 주장하게 된다.

이때 방으로 조연출이 들어와 상담 시간이 변경되었다며 안민영 연습생을 밖으로 불러냈다. 여기서 상담이란 용의자 연습생들을 대상으로 진행되는 심리 상담이다. 다른 연습생들 방에서도 같은 풍경이 펼쳐졌다.

촬영 기간 동안 연습생들을 위해 전문적인 심리 상담을 제공하는 것은 계약서에 명시된 사항이었다고 한다. 극심한 심리적 압박을 받을 수밖에 없는 프로그램 콘셉트상 소속사들을 설득하기 위해 꼭 필요한 조건이었다고 장인혜 PD는 말했다. 더구나 당시 스타라이트기획 이하성, K&M 안민영, 정서준 연습생은 미성년자였기에 특히 신경을 쓸 수밖에 없었다고.

"저도 사람이에요. 악마가 아니에요."

그동안 무수하게 쏟아진 비난을 의식했는지 장인혜 PD가 힘없이 웃었다. 인터뷰 중 장 PD는 본인만이 아니라 가족까지 타깃으로 삼는 전방위적 악플 때문에 심리적인 고통을 겪어왔으며 현재 정신건강의학과 치료를 받고 있다고 밝히기도 했다.

연습생들이 상담을 위해 이동한 뒤, 조연출이 조수들만 남은 방에 들어와 무언가를 건넸다.

이 역시 계약서에 명시된 내용이었으며 상호 동의하에 제작된 것임을, 장인혜 PD는 수차례 반복해서 강조했다. 방송 직후 제기된 개인정보보호법 위반 이슈를 의식한 듯했다. 아예 계약서 사본을 펼쳐 보여주었다.

32조 1항. 병은 촬영 기간 동안 핸드폰을 비롯한 개인용 전자통신기기를 사용할 수 없으며 촬영 전 이를 모두 갑에게 제출한다.
 2항. 갑은 병이 제출한 기기를 방송 진행을 위해 사용할 수 있으며 병은 이를 위한 개인 정보 제공에 적극 협조할 의무가 있다.

조연출이 조수들에게 건넨 것은 용의자 연습생들의 핸드폰이었다.

07

누군가는 도와줘야 하잖아요

재한E&C는 수입차 부품 유통을 주력 사업으로 하는 중소기업이다. 2010년대 중반, 차세대 핵심 기술로 각광받는 3D 프린팅을 선도하여 국가 경제에 이바지하겠다는 사명으로 거액을 출자하여 신사업 연구 개발을 시작했다. 이후 2년 만에 자체 기술력으로 3D 프린터 세 종을 생산하는 쾌거를 이루었다. 박재한 사장이 직접 밝힌 회사 이력이다. 이러한 재한E&C의 기술력은 〈디 아이돌 특별 편:소년 단죄〉 2화에서 연습생들의 핸드폰 잠금을 여는 데에 활용되었다.

제작진은 연습생들이 사용한 유리컵에 남은 지문을 촬영하여 3D 프린터로 출력한 뒤 핸드폰 지문 센서에 인식시켜 잠금을 풀었다. 오직 얼굴 인식으로만 잠금 해제가 가능한 경우에는 3D 프린팅으로 마스크를 제조하고 여기에 2D 이미지를 콜라

주하여 얼굴 인식 알고리즘의 허점을 파고드는 수법을 사용하였다. 다소 우스꽝스러운 모습을 한 파란색 마스크를 조수들이 썼다 벗었다 하면서 핸드폰의 잠금을 푸는 모습이 방송을 탔다. 그 밑으로는 다음과 같은 자막이 흘렀다. '당사자 허가가 없는 생체 정보 복제는 범죄입니다. 본 프로그램은 출연자 동의하에 촬영되었습니다.'

상담 시간은 한 시간. 연습생들이 돌아오기 전에 조수들은 핸드폰에서 무엇을 찾아낼 수 있을까?

예상대로 가장 만만한 것은 검색 기록이었다. 기본적으로 모든 연습생들의 핸드폰에는 자신의 이름을 각종 포털이나 SNS에서 검색한 흔적이 반복적으로 등장했다. 그 와중에 조수들은 K&M 정서준 연습생 핸드폰에서 흥미로운 검색어를 발견했다.

"서성경, 서홍수, 서방주."

"서노아 써방이네."

'써방'은 '서치 방지'의 줄임말로, 어떤 대상을 지칭하고 싶으나 검색되는 것은 피하고 싶을 때 에둘러 사용하는 단어다. 주로 부정적인 글을 올리면서 고소나 항의를 피하기 위해 사용하는 경우가 많다. 서노아 연습생의 써방은 아무래도 성경에서 유래한 이름 탓인지 상당히 고색창연했다. 이런 서노아 연습생의 써방 검색 기록이 정서준 연습생 폰에 등장한 것이었다.

조수들이 정서준 연습생의 트위터 계정 검색창에 줄줄이 늘어서 있는 서성경, 서홍수, 서방주를 하나씩 눌러 확인했다. 서노아 연습생을 비하하는 게시글과 사진 들로 스크롤이 끝없이 내려갔다. 제작진은 플래시백을 통해 3차 순위발표식에서 서노아 연습생이 1위, 정서준 연습생이 2위를 차지한 장면을 내보내면서 라이벌이었던 둘의 관계를 시청자들에게 상기시켰다. 방송에서는 성실한 노력과 이미지로 사랑받은 정서준 연습생이 뒤에서는 라이벌 험담을 검색하는 음험한 캐릭터였음이 드러나는 순간이었다.

스타라이트기획 이하성 연습생의 조수들은 검색 기록에서 별다른 재미를 찾지 못하고 웹사이트 방문 기록을 뒤적이다가 잭팟을 터트렸다. 반사회적 게시글로 여러 차례 논란을 일으킨 극우 성향의 ㅁ사이트 접속 기록이었다. 자동 로그인이 되어 있는 것을 보고 조수들은 서로 하이파이브를 했다. 게시한 글은 없었고 댓글이 많았는데 주로 여성 연예인에 대한 성희롱이었다. 이 과정에서 화면 한편에 특정 지역 비하 댓글이 노출되는 바람에, 방송 후 해당 지역 기반 정치인들이 불편한 기색을 내보이기도 했다. 내친김에 조수들은 ㅁ사이트 아이디를 포털 사이트에서 검색했고 이하성 연습생이 초등학생 때 인터넷 카페에 남긴 게시물을 발견했다. 모월 모일 놀이터에서 ㅁㅁ초등학교와 ○○초등학교 일진들이 지역 짱을 가리기로 했다는 공지 글이었다. 조수들은 해당 게시글을 소리 내어 읽으며 큰 소리로 웃었다. 독살이나 살인과 관련된 내용은 어디에서도 찾지 못했지만 이미 충분히 만족스러워 보였다.

반면 라임엔터 제이든 연습생의 조수들은 고전을 면치 못하고 있었다. 분명 소속사가 관리 중이라고, 이렇게 깨끗할 순 없다며 투덜거리다가 조수 한 명이 별 기대 없이 영화 스트리밍 어플을 열었다가 뜻밖의 수확을 거뒀다.

"이 영화 좀 안 좋게 유명하지 않아요? 아동 학대 장면이 너무 리얼한 걸로?"

"별 다섯 개를 줬네?"

조수들이 재빠르게 손가락을 움직여 제이든 연습생의 영화 취향을 재구성한 결과는 다음과 같았다. 사지 절단 및 내장 적출 장면이 적나라해서 웬만한 고어 무비 팬들도 구역질을 한다는 〈블루 바디스〉 별 다섯 개. 고문 장면이 지나치게 길고 상세하여 끝까지 관람한 사람이 드물다는 〈조각난 시간〉 별 다섯 개, 러닝타임 내내 사이코패스 살인마가 사람을 죽이는 장면이 집요하게 반복 묘사되는 〈히스테릭 보이〉 별 다섯 개. 거기다 그들은 아주 특별한 사실을 발견하였는데 제이든 연습생이 별 네 개 반을 준 〈킹 오브 캐슬〉, 별 네 개를 준 〈장미 신부〉, 별 세 개 반을 준

〈오필리어의 연인〉에 공통적으로 독살 장면이 등장한다는 것이었다. 조수들이 서로를 얼싸안으며 발견의 기쁨을 나눴다.

그 밖에 류찬영 연습생이 소개팅 어플 자기소개 멘트에 '잘 빨아주는 사람 구함'이라고 써놓은 것이나 권희종 연습생의 포르노 취향이 근친상간이라는 것이 순서대로 방송을 탔다.

이윽고 상담을 마친 연습생들이 하나둘 방으로 돌아왔다. 눈이 붓고 코를 훌쩍이는 연습생도 있었다. 미리 언질을 받고 핸드폰을 숨겨놓은 조수들이 돌아온 연습생들을 맞이했다.

김경희 심리상담사는 당시 연습생 상담을 맡은 전문가 중 한 명이다. 구체적으로 누구를 담당했는지는 밝히길 거부했다. 다만 이들의 상태가 어땠는지 대략적인 분위기는 들을 수 있었다. 경기도 의왕시 모처에 위치한 심리상담소에서 진행된 인터뷰에서, 김경희 심리상담사는 차분히 당시 기억을 회상했다.

"전반적으로 불안감이 굉장히 높았어요. 수면 장애나 무기력감도 나타났고요. 환청이나 이명을 듣는 내담자도 있어서, 정신건강의학과로 연결해서 약을 처방하기도 했습니다."

왜 프로그램에 참여했냐고 물었다. 방송 이후, '상담'을 핑계로 연습생들을 빼내 조수들에게 핸드폰 검사 시간을 만들어준 것에 대해 제작진뿐만 아니라 상담사에게까지 비판이 일었다. 직업윤리를 저버렸다는 것이었다. 김경희 상담사는 제작진이 전적으로 주관한 일이며, 자신들은 그저 정해진 시간에 계약된 시간만큼의 상담을 진행한 것뿐이라고 강조하면서도 다음과 같이 덧붙였다.

"누군가는 도와줘야 하잖아요."

김경희 심리상담사의 목소리에 힘이 들어갔다. 그가 운영하는 심리상담소 상담실 책상에는 가족사진 한 장이 놓여 있었다. 딸이 이하성 연습생과 동갑이라고 했다.

"그저 아이돌 지망생이라는 이유로, 대중에게 보여지는 직업을 꿈꿨다는 이유로 너무 많은 것을 감당해야만 했어요. 핸드폰 검색어부터 개인적인 대화 내용, 심지어 영화 평점까지 샅샅이 까발려지고 비웃음 받고 악의적인 소문에 시달리고 살해 위협을 받으면서 극단적인 심리 상태로 내몰리고 있었어요. 이게 정상인가요?"

조수들은 정상이라고 생각하는 듯했다. 오히려 자신들이 정의를 구현하고 있다는 확신마저 엿보였다. 《인사이트 투데이》 인터뷰 내용에서 이를 확인할 수 있었다. 해당 매체는 이하성 연습생의 ㅁ사이트 이용 기록을 발견한 조수10을 독점으로 인터뷰하여 특집 기사로 내보냈다. 아래는 '만약 악플 고소를 취하해 준다는 조건이 없었어도 출연했겠는가'라는 질문에 대한 답변 중 일부다.

이하성처럼 저질스러운 성희롱 댓글이나 다는 사람이 청소년에게 막대한 영향을 미치는 아이돌이 되는 건 아니지 않느냐. 게다가 '한율 사건'을 세상에 알려 사회에 경종을 울렸다는 점에서 굉장히 의미 있는 일을 했다고 생각하고(생략)

조수10이 언급하는 '한율 사건'이 나오려면 아직 방송 시간 기준 26분이 지나야 한다. 복귀한 연습생과 조수 들은 노트북으로 영양가 없는 자료 조사를 하며 남은 시간을 보냈다. 예컨대 정서준 연습생이 서노아 연습생이 의심스럽다고 하자 다 같이 '서노아 독살' '서노아 범인' '서노아 수상한 점'을 포털 사이트에 검색해본다거나 하는 식이었다. 그렇게 주어진 시간이 끝났다. 연습생과 조수 들이 다시 강당으로 모였다.

장인혜 PD는 〈디 아이돌〉 시리즈를 만들기 전에 두 개의 예능 프로그램에서 조연출을 맡았다. 〈기이한 팬미팅〉과 〈싱얼롱 스타〉가 그것이다. 오디션 프로그램 전형을 만들었다는 평가를 받는 〈싱얼롱 스타〉가 워낙 유명해서인지 상대적으로 첫 연출 참여작인 〈기이한 팬미팅〉은 필모그래피에서 거의 주목을 받지 못했는데, 장 PD는 〈기이한 팬미팅〉이야말로 연출에 대한 모든 것을 배울 수 있었던 스스로의 원류라고 말한다. 이 예능은 깜짝 카메라와 추리 예능이 섞인 독특한 콘셉트의 프로그램이었는데, 회차마다 조금씩 변형이 있긴 했으나 기본 골자는 이렇다. 스타를 섭외하여 팬 이벤트를 연다. 이벤트 도중 한 팬이 곤란한 일을 당한다(소매치기, 성희롱, 폭행 등). 스타가 범인을 찾고 문제를 해결하기 위해 노력하나 상황은 점점 꼬여간다. 최악의 상황에 도달했을 때, MC가 등장하며 깜짝 카메라임을 알린다.

"그야 시청률이 안 나왔으니까요. 제작비는 많이 드는데."

3화 만에 소리 소문 없이 프로그램이 사라진 이유는 단순했다. 그러나 이 과정에서 장인혜 PD가 몸으로 체험한 '깜짝 카메라'와 '범인 찾기'라는 두 가지 유형의 스토리텔링은 〈디 아이돌 특별 편: 소년 단죄〉 2화에서 본격적으로 두각을 드러낸다. 조수들이 자신을 돕는 게 아니라 의심하기 위해 출연한 안티 팬이라는 것을 알게 된 순간, 그리고 그 안티의 손에 자신의 핸드폰이 있는 걸 보게 되었을 때, 연습생들이 받은 충격을 감각적으로 묘사한 장면이 대표적이다. 일명 '동공 팝핀 컷'이라는 별명으로 회자되는 이 연출은 연습생 열 명의 눈동자를 확대하여 사실을 알기 전과 알고 난 후의 동공 반응을 2분할 화면으로 비교했다. 마치 과학 실험 카메라를 보는 것 같은 전문성에 동공의 절망적인 움직임이 선사하는 긴장감이 더해져 리얼리티 프로그램 연출로서는 상당히 독창적인 시도라는 평가를 얻었다. 이때 조성된 긴장감은 다음 단계인 범인 추론 과정으로 이어진다.

2화의 범인 선정은 '안티 팬' 조수 서른 명이 국민 배심원으로서 현장에서 바로 공개 거수 투표를 하는 방식으로 진행되었다. 이전 화에서 류찬영 연습생을 둘러싼 투표 조작 논란을 의식한 변화였다. 우선 조수들끼리 범인을 추론하는 토론 시간이 주어졌다. 양준우 연습생이나 독살과는 그다지 연관이 없는 소소하지만 자극적인 신상 털기가 이어졌다. 그나마 제이든 연습생이 살인, 그중에서도 독살에 대한 내용이 담긴 영화에 높은 평점을 줬다는 사실이 호응을 얻어 점차 혐의가 그에게로 굳어가고 있던 차였다. 구석에 있던 조수11이 조용히 손을 들었다. 여태 한번도 방송을 타지 않았던 출연자였다.

명백히 의도적 편집이었다. 고도의 계산된 스토리텔링이었다. 제작진이 써방이니 ㅁ사이트니 영화 평점이니 하는 맥거핀들로 시청자들의 주의를 분산시키며 일부러 카메라 바깥으로 밀어두었던 클라이맥스였다. 그리고 이제 그 아껴두었던 거대한 절정이 뚜벅뚜벅 화면의 중앙으로 걸어들어왔다.

조수11은 한율에게 배정된 안티 팬이었다. 소위 '한율 사건'이 수면 위로 올라오기 시작했다.

08

왜 우리만 이러고 살아야 돼

    김선주(가명, 27세)는 동생 김영지(가명, 23세)와 함께 3년 전 ㅂ시로 이사했다. 이삿짐을 풀자마자 김선주는 번화가를 돌며 알바 자리를 찾았다. 패스트푸드점과 편의점, 맥줏집을 옮겨 다니다가 1년 전부터는 청소 일을 시작했다. 파트너 오영란(가명, 54세)은 베테랑이었다. 팀을 이뤄 일하던 동료가 오십견이 심해져 그만두자 평소 패스트푸드점 뒷정리를 꼼꼼히 해내는 김선주를 눈여겨보고 있다가 스카우트했다. 오영란은 경력이 많고 평판이 좋아 쥐고 있는 빌딩이 많았고 김선주는 힘이 센 데다 요령도 있어 둘은 금방 꽤 괜찮은 파트너가 됐다. 오영란은 수입을 6대 4로 나눴다.

    청소 일은 시간 활용이 비교적 유동적이었다. 둘은 새벽에 시작해서 이른 오후에 마치는 패턴으로 일했다. 일과를 마치면 오영란이 차로 김선주를 집까지 데려다줬다.

"넌 약속도 없어?"

여느 때와 같이 녹색 대문 앞에 김선주를 내려주며 오영란이 물었다.

"언니. 저 이제야 좀 사는 게 사는 것 같아요."

김선주는 엉뚱한 대답을 했다.

집에 돌아오면 동생 김영지가 기다리고 있었다. 함께 저녁 준비를 하면서 김선주는 그날 있었던 소소한 일들을 얘기했다. 눈 앞에서 어떤 아저씨가 음식물 쓰레기를 종이 재활용함에 넣고 도망쳐서 진짜 열 받았다, 창고를 정리하는데 창밖에 통통한 노란색 고양이가 그루밍을 하고 있더라, 영란 언니가 금연 선언 3개월 만에 다시 담배를 피웠다…… 동생 김영지는 아무 말도 하지 않았다. 아무 말도 하지 않은 지 벌써 6년째였다.

김선주와 김영지는 아주 어릴 때 부모님의 이혼으로 헤어졌다. 김선주는 엄마를, 김영지는 아빠를 따라갔다. 그때 무슨 수를 써서든 너희 둘을 다 데려왔어야 했다고 엄마는 죽기 전날에도 한탄했다.

금요일 밤이었다. 전에 일했던 맥줏집에서 급하게 손이 필요하다며 김선주에게 도움을 청했다. 흔쾌히 나가 서빙을 도맡았다. 홀에 놓인 TV에서는 〈디 아이돌〉 시즌 3이 방송되고 있었다. 어묵탕을 들고 테이블로 가던 김선주가 냄비를 바닥에 떨어뜨린 건, 무대를 마치고 엔딩 포즈로 숨을 몰아쉬고 있는 한율 연습생이 클로즈업된 순간이었다. 큰 소리가 나고 사람들이 놀라 자리에서 일어났지만 김선주는 우두커니 서서 TV만 바라보고 있었다.

조수11은 소속사 고소 대상 리스트에 이름을 올린 적이 없다. 〈디 아이돌〉 시즌 3이 방영 중일 때 제작진에게 직접 제보를 해왔다. 한율 연습생이 자신의 동생을 성폭행했다는 폭로였다. 철야 중이던 막내 작가가 그 전화를 받았고, 바로 잊어버렸다. 막내 작가가 이 전화를 다시 기억해내는 것은 5개월 뒤 〈디 아이돌 특별 편 : 소년 단죄〉 2화 구성 회의 중이었다.

방송 후 한율 사건을 소재로 특집 기사 세 편을 쓴 《하우미디어》 이시내 기자를 만나 비하인드 스토리를 들을 수 있었다.

"이사를 되게 많이 다녔더라고요. 어딜 가도 소문과 목격담들이 귀신처럼 나타나 괴롭혔대요. ㅂ시에 겨우 정착해서 이제는 잊고 살 수 있을 거라고 생각했는데, TV에서 한율을 보게 된 거죠."

인터뷰를 위해 이시내 기자는 그야말로 삼고초려를 해야 했다. ㅂ시에 내려가 아예 숙소를 잡고 대기하면서 만나주기만을 기다렸다. 겨우 커피 한잔 마시기까지 3주가 걸렸다. 김선주는 언론에 강한 거부감을 가지고 있었다. 그 벽을 허무는 데는 이시내 기자가 꾸준히 성범죄 피해자 편에서 기사를 써온 경력이 큰 도움이 되었다. 자연스럽게 특집 기사는 피해자인 김선주와 김영지 입장에서 집필되었다.

이시내 기자가 쓴 기사와 〈디 아이돌 특별 편:소년 단죄〉2화에서 조수11이 직접 발언한 내용을 바탕으로 사건을 재구성해보자. 명칭의 혼돈을 피하기 위해 지금부터는 조수11을 김선주라 부르기로 한다. 둘은 동일 인물이다.

김선주의 동생 김영지와 한율 연습생은 같은 고등학교에 다니는 동급생으로 교제하고 있었다. 어느 날 한율 연습생 연락을 받고 모처의 모텔을 방문한 김영지는 낯선 10대 남성 네 명에게 성폭행을 당한다. 이후 집단 성폭행은 6개월 동안 15차례 이어졌고 가해자는 총 44명에 이르렀다. 김영지가 학교에서 하혈을 하며 쓰러지면서 사건이 드러났으나 검찰은 첫 번째 집단 성폭행 이후에도 김영지가 한율 연습생과 문자를 주고받고 데이트를 했으며 그 과정에서 협박이나 강요가 없었다는 이유로 44명 전원을 혐의 없음으로 처분했다. 그러던 중 김영지의 아버지가 가해자 부모들을 찾아가 거액의 합의금을 요구한 사실이 알려지면서 '꽃뱀설'이 지역사회에 회자되기 시작했다(김영지의 아버지는 실제로 한 가해자 부모에게 위로금 명목으로 200만 원을 수취

한 후 이를 유흥비로 사용했다). 김선주와 어머니가 뒤늦게 찾아왔을 때 김영지는 극도의 불안장애로 인한 함구증으로 말을 잃은 상태였다.

김선주의 발언이 끝나고 스튜디오는 잠시 충격으로 얼어붙었다. 마이크가 주어지지 않은 상황에서 한율 연습생이 김선주에게 다가가려고 했으나 스태프들이 이를 저지했다. 맞은편에 있던 조수12가 모기 같은 소리로 물었다.

"그런데 그게 양준우 살인 사건과 무슨 상관이 있죠?"

"저는 양준우 살인 사건에는 관심이 없습니다. 죄송해요. 그냥 이 말을 하려고 왔어요. 제발 저 악마 같은 인간을 TV에서 보지 않게 해주세요."

그리고 화면이 포커스인되며 장소가 가정집으로 바뀐다. 얼굴이 모자이크 처리된 두 명의 여자가 앉아 있다. 김선주와 김영지. 제작진은 기어이 피해자를 화면 한가운데로 데려오고야 말았다. 김선주와 김영지는 노트북을 보고 있다. 〈디 아이돌〉 시즌 3에서 한율 연습생의 활약상을 모은 편집 영상이다. 김선주가 김영지에게 말한다. 저 사람이지? 저 사람 맞지? 말해. 저 인간이 널 성폭행했다고 말해. 김영지가 알아들을 수 없는 소리를 내며 자리를 벗어나려고 몸부림을 친다. 김선주가 그런 김영지를 주먹으로 때리며 계속 소리친다. 왜 말을 못 해. 잘못한 것도 없는데 왜 말을 못 해. 떳떳해야지. 당당해야지. 왜 너만 이러고 살아야 돼. 왜 우리만 이러고 살아야 돼. 대체 왜. 김선주의 악다구니와 김영지의 비명 소리가 점점 커졌다.

"황색 저널리즘의 절정이었죠."

이시내 기자는 이 영상으로 인한 2차 피해가 심각했다고 말했다. 온라인에서는 김선주와 김영지에 대한 신상 공개와 인신 공격이 이어졌다. '악귀 같다' '정신 상태가 의심스럽다' '쥐도 안 먹겠다' 같은 댓글이 기다렸다는 듯이 튀어나왔다. 거주지가 특정됨에 따라 가해자 부모 중 일부가 찾아와 문을 부수고 벽에 욕설을 써놓았다. 이시내 기자가 찾아갔을 때 자매는 또다시 이사를 준비하고 있었다. 불행 중 다행은 성폭력 피해자 연대에서 주거지를 지원하기로 한 점이었다. 그러나 한율 연습생 측이 제기한 명예훼손 소송에 대해서는 비용 문제로 대응에 어려움을 겪고 있었다.

이시내 기자는 김선주에게 프로그램에 출연한 것을 후회하느냐고 물었다.

"김선주가 청소 일을 하고 있었다고 했잖아요. 빌딩 주인들이 방송 후에 청소 계약을 멋대로 파기했대요. 처음에는 위로해주던 파트너도 일이 점점 줄어드니까 결국 그만뒀으면 좋겠다고 말했대요. 그때 처음으로 후회했다고 하더라고요."

한번 피해자는 영원히 피해자로 사는 거라고 김선주가 쓸쓸하게 말했다고 한다.

짧지만 큰 파장을 불러일으킨 영상이 끝나고 카메라는 막판 회의 중인 조수들을 비췄다. 의견이 갈려 합의점에 이르지 못하고 결국 각자의 뜻대로 투표를 하기로 했다. 김선주의 사정은 딱하지만 양준우 살인 사건과는 어디까지나 별개라는 입장의 조수들이 절반. 나머지 절반의 조수들은 양준우와 관련이 없는 것은 맞지만 어쨌든 죄인은 마땅히 벌을 받아야 한다며 한율 연습생 이름을 적었다. 한율 연습생이 16표를 얻어 1위가 되었고, 그가 1위의 특권을 사용해 지목한 사람은 제이든 연습생이었다. 독살 관련 영화 시청 기록을 의식한 결정인 듯했다. 그렇게 두 사람이 단상에 오르게 되었다.

투표 1위인 한율 연습생이 먼저 제이든 연습생에게 질문했다. 이름과 성별을 묻는 두 개의 기본 질문을 마치고, 양준우를 죽였냐는 세 번째 질문에 제이든 연습생은 떨면서 아니라고 대답했다. 스크린에는 '진실' 두 글자가 떴다.

제이든 연습생이 한율 연습생에게 질문할 차례가 되었다. 스튜디오가 조용해졌다. 강박적으로 손톱 주변 살을 잡아 뜯는 조수11, 김선주의 모습을 카메라가 가까이서 잡았다.

"당신의 이름은 한율입니까?"

"네."

'진실'이 떴다. 제이든 연습생이 가슴을 들썩이며 크게 심호흡을 했다. 한율 연습생과 제이든 연습생은 〈디 아이돌〉 시즌 3에서 두 번이나 경연 무대를 함께했다. 서로를 의지하는 모습이 자주 방송을 탔고 둘 다 섹시 콘셉트를 잘 소화해 '페로몬즈'라는 별명도 생겼다. 제이든 연습생도 복잡한 심경이었을 것이다.

이제 '당신은 남자입니까?'라는 두 번째 질문을 할 차례였다. 제이든 연습생이 막 마이크를 입술에 가져다 댔을 때였다. 스태프 한 명이 올라와서 쪽지를 건넸다. 곧바로 카메라가 제이든 연습생의 얼굴을 줌인했다. 순식간에 붉게 달아오르는 피부. 날숨을 제대로 뱉질 못하고 들숨만 삼키는 바람에 얼굴에 피가 몰리는 모양이었다. 시간이 지체되자 지켜보고 있던 조수와 연습생들이 조금씩 웅성거리기 시작했다. 기다리는 한율 연습생의 미간에 깊은 주름이 생겼다. 보다 못한 MC 강혜성이 재촉하자 제이든 연습생이 고개를 푹 숙이고 쪽지를 읽었다.

"당신은 ○○○(무음 처리)를 성폭행했습니까?"

한율 연습생이 자리에서 벌떡 일어났다. 강혜성이 단상에 올라가서 그를 다시 앉혔다. 한율 연습생이 숨을 거칠게 몰아쉬며 말했다.

"아니오."

분이 서린 목소리였다. 스크린에 '거짓'이 떴다. 최초의 거짓. 한율 연습생이 거짓말을 하고 있다.

술렁거리는 장내를 카메라가 원경으로 잡았다. 이어서 제이든 연습생이 마지막 질문을 던졌다.

"당신은 ○○○(무음 처리)를 집단으로 성폭행했습니까?"

"아니야!"

스크린에 다시 '거짓'이 떴다. 제작진은 이 충격적인 장면을 묘사하기 위해 역설적으로 화면에서 사운드를 제거했다. 마치 무성영화 한 장면처럼 출연자들이 소리 없이 술렁였다. 한율 연습생은 세트를 걷어차고 촬영장을 뛰쳐나갔다. 제이든 연습생은 무릎을 꿇고 주저앉았다. 안민영 연습생과 류찬영 연습생은 서로의 손을 잡고 벌벌 떨었다. 어떤 조수는 발을 동동 굴렸고 어떤 조수는 박수를 쳤다. 마지막으로, 입술을 달싹이며 기도하고 있는 김선주의 모습이 5초간 흘러나갔다.

09

지나친 비난은 삼가주시길 바랍니다

'한율 연습생의 집단 성폭행 사건에 대한 재수사를 촉구합니다'라는 제목의 국민 청원 참여 인원이 이틀 만에 22만 명을 넘겼다. 법무부 장관이 예외적으로 빠르게 이 청원에 답변을 했는데, 결론은 일사부재리의 원칙, 즉 동일 사건 동일인에 대해서 이미 내려진 판결을 번복할 수 없다는 헌법 규정에 따라 재수사는 불가하다는 입장이었다. 이 답변이 등록되고 한율 연습생의 소속사인 미라플래닛에서 공식 입장문을 내놓았다.

당사 소속 한율 연습생의 과거 불미스런 사건으로 인해 많은 분들께 심려를 끼쳐드린 점 깊이 사죄드립니다. 다만 미숙한 청소년기에 일어난 일이며, 더구나 해당 사건은 강제성이 증명되지 않아 혐의 없음으로 처분되었다는 점을 감안하시어

지나친 비난을 삼가주시길 당부드립니다. 아티스트 보호를 위해 루머 유포 및 악성 댓글에 대해서는 선처 없는 법적 조치를 취할 것임을 알립니다.

한율 연습생의 팬들로 구성된 '소년 단죄 대책위원회 한율 캠프(이하 한율 캠프)'에서는 거짓말 탐지기의 오류 가능성을 정리한 카드 뉴스를 제작, 배포하며 여론전에 나섰다. 해당 방송이 극도의 심리적 압박 속에 진행되었다는 점을 들며 거짓말 탐지기가 제대로 작동될 수 없는 환경임을 역설했다. 더불어 성폭력 무고죄 피해자 모임과 연대하여 '무고죄 양형 기준 강화 및 무고 피해자 보호'를 위한 법 개정과 사회적 안전 장치 마련을 위한 1인 시위를 시작했다. 이 1인 시위는 한율 캠프 멤버들이 그룹 채팅방에서 피해자 김영지 사진을 공유하며 성적인 모욕을 주고받은 캡처 이미지가 유출되면서 역풍을 맞고 중단되었다.

조윤지는 한율 캠프의 핵심 인물이다. 주로 배포물 디자인을 담당했다. 1인 시위에도 마스크 없이 나섰고 인터뷰에서 실명을 공개하는 데에 전혀 거리낌이 없었던 그는 〈디 아이돌 특별편:소년 단죄〉가 종영된 지 1년이 지난 지금까지도 한율의 열성적인 팬을 자처하고 있다. 인터뷰를 한 날도 밸런타인데이를 맞아 한율에게 줄 명품 브랜드 의류와 신발을 백화점에서 픽업

하고 돌아오는 길이었다. 조윤지는 한율이야말로 이 프로그램 최대 피해자라고 거듭 강조했다.

"화제성을 위해 억울한 사람 한 명 잡은 거죠. 전부 장 씨 손아귀에 놀아난 거예요."

연습생들의 팬들 사이에서는 장인혜 메인PD를 '장 씨'라고 부르는 것이 거의 고유명사처럼 굳어 있었다. 조윤지는 장인혜 PD를 가해자, 한율을 피해자로 묘사하며 이 사태를 악의적인 미디어가 순수한 소년의 꿈을 잔인하게 유린한 결과로 일축했다.

방송 이후, 한율 연습생에게 학창 시절 같은 피해를 당했다는 신고 두 건이 추가로 접수됐다. 이에 대해서도 의견을 물었더니 조윤지는 지겹다는 듯 한숨을 길게 쉬었다.

"여자 쪽한테 무고죄랑 협박죄로 벌금형 나온 거 알고는 계시죠? 그때는 율이한테 죽일 것처럼 달려들어서 욕하던 사람들이 정작 이런 결과가 나오면 모르쇠 하더라고요?"

조윤지는 우리나라 인터넷 문화가 심각하게 왜곡되어 있다며 개탄했다.

인터뷰를 마무리하며, 이번 사건과 관련은 없지만 개인적으로 궁금했던 것을 질문했다. 연예인들에게 몇백, 몇천만 원에 이르는 통 큰 선물을 하는 팬들의 재정 수준이 궁금했다. 실례일 수 있는 질문이었지만 조윤지는 크게 개의치 않고 대답해주었다. IT 기업 UI 디자이너로 연봉은 6천만 원 선. 선물하는 게 부담되지 않느냐고 물어보니 유럽 여행 한 번 갔다 온 걸로 치면 된다는 답변이 돌아왔다. 한율 연습생은 선물을 직접 사용하면서 '인증'하는 빈도가 높은 편이라 만족도는 오히려 높다고.

"율이가 우리에게 해준 게 얼마나 많은데요. 그걸 생각하면 고맙기만 하죠."

한율 연습생이 당신에게 무엇을 해주었냐고 묻자 즉답이 나왔다.

"노래해준 거. 춤춰준 거. 나쁜 세상과 나쁜 어른들 사이에서도 팬들을 위해 꿈을 버리지 않아준 거. 이 세상에 존재해준 거. 그래서 나를 살게 해준 거."

팬이 아닌 일반인은 어떻게 말해도 이해하기 어려울 거라며 조윤지가 포기한 듯 웃었다.

한율 사건이 워낙 파급력이 컸기에 상대적으로 나머지 연습생들은 반사이익을 얻었다. 자극적인 소재의 영화에 높은 별점을 준 제이든 연습생의 경우 '취향 존중'이라는 단어로 사태가 진정되었고, 소개팅 어플에 저속한 소개 글을 올린 류찬영 연습생과 근친상간 야동을 좋아했던 권희종 연습생 측은 무대응으로 일관했다. ㅁ사이트에 성희롱 및 지역 비하 댓글을 쓴 이하성 연습생은 친필 사과문을 올렸는데 글씨가 예쁘다는 댓글이 더 많이 달렸다. 라이벌인 서노아 연습생의 썸방을 검색한 기록이 들통난 정서준 연습생은 오히려 호승심 높은 야망 캐릭터를 구축할 기회를 잡아 팬들이 홍보에 나섰다. 예상 외로 피해를 본 것은 임의현 연습생이었다. 연습생 열 명 중에 상대적으로 인기가 하위권이라 자연스레 안티도 적었는데, 조선족이라는 사실이 밝혀지자 너네 나라로 돌아가라는 악플이 늘어났다.

높은 관심도는 높은 시청률로 귀결되었다. 〈디 아이돌 특별편: 소년 단죄〉 2화는 전국 기준 15.9퍼센트를 기록했으며 이는 〈디 아이돌〉 모든 시즌을 통틀어 가장 높은 수치였다. 수도권은 16.1퍼센트, 2049 시청률은 무려 17.0퍼센트를 기록했다. 제작진으로서는 축배를 들 상황이었지만 마냥 기뻐하기가 어려웠던 것이, 화제성과 시청률에 비해 광고 판매가 시원치 않았다. 기업 입장에서는 소재가 워낙 자극적이다 보니 조심스러울 수밖에 없었던 모양이었다. 고민에 빠져 있는 제작진에게 반가운 제안이 들어왔다. 레깅스 제조업체 프로미스였다.

프로미스는 수년 전 일었던 고가 레깅스 열풍을 주도한 여성 스포츠 의류 전문 브랜드다. 군살 있는 몸매도 예쁘게 잡아주는 무봉제선 레깅스로 인기를 얻었으나 후발 주자들의 공격적인 마케팅에 위기를 맞았다. 이에 야심차게 론칭한 신제품이 '파이브 이어스 비포' 시리즈, 입기만 하면 5년 전 라인으로 되돌려준다는 캐치프레이즈의 제품이었으나 네 몸을 있는 그대로 사랑하라는 경쟁 업체 캠페인에 밀려 참패하고 말았다. 투자받은 돈 중 절반을 날린 신아영 대표는 도심 마라톤 대회 후원 행사에서 업계 관계자로부터 〈디 아이돌 특별 편:소년 단죄〉가 광고주를 애타게 찾고 있다는 소문을 듣고 위기를 타개할 승부수를 던지게 된다.

인터뷰를 의식한 것인지 평소 모습인지, 신아영 대표는 CEO 집무실에서 문제의 '파이브 이어스 비포' 무봉제선 레깅스를 입고 있었다. 종아리에는 '요가링'이라고 불리는 운동 보조 기구를 끼고 있었다.

"생각해보면 스키니진도 처음 유행했을 때는 여성들만 입었거든요. 그다음에 남자 연예인들이 입기 시작했고, 일반 남성들에게까지 모두 퍼졌단 말이에요. 레깅스도 그러지 않을 거라는 보장이 없거든요."

그러나 연습생들에게 자사 레깅스를 입히려는 신아영 대표의 시도는 격한 반발에 부딪혔다. 범인으로 몰려 거짓말 탐지기 앞에 서는 것도 악플러와 직접 만나는 것도 핸드폰이 털리는 것도 수용했던 소속사들이 레깅스만은 단호하게 거부했다. 이때 신아영 대표는 좌절하지 않고 위기를 성장의 발판으로 삼기로 결심했다고 한다. 레깅스만이 아니라 트레이닝복이나 트랙 팬츠 같은 일상복으로까지 사업 영역을 넓히기로 결정한 것이다. 당장 일주일 뒤 녹화에서 연습생들에게 입혀야 하므로 기획도 개발도 없이 동대문에서 옷을 떼 와서 상표만 박았다고 한다. 지나치게 솔직한 발언에 그대로 보도해도 괜찮은지를 묻자 신아영 대표가 괜찮다며 웃었다.

"가끔 운명이라는 게 있는 게 아닌가 싶어요. 인생은 다 짜여 있고 우리는 그 길을 따르기만 하면 되는 거죠. 양준우 연습생이 안타깝게 죽은 것도, 그래서 〈디 아이돌 특별 편: 소년 단죄〉가 방영된 것도, 그 프로그램에 우리가 제작 지원으로 들어간 것도, 그래서 대박이 난 것도, 다 정해져 있는 운명이 아니었을까."

그렇다면 이 인터뷰로부터 불과 일주일 후, 프로미스 레깅스 일반 제품 7종과 임산부용 2종에서 태아 기형을 일으킬 수 있는 환경호르몬인 PFOA가 허용 기준치의 다섯 배 이상 검출된 것 역시 정해진 길이었을까. 그 여파로 9개월이 지난 현재 파산 절차를 밟고 있는 것도.

D경장은 오늘도 사무실에서 남몰래 문제집을 펼쳤다. 경사 승진 시험이 한 달 앞으로 다가왔는데 형사소송법에 손도 대지 못했다. 파출소에서 형사 팀으로 보직 이동을 한 지 얼마 되지 않아 정신이 없었던 게 핑계라면 핑계였다. 동기 중에서 아직 진

급을 못 한 사람은 본인뿐이었다. 이번에도 밀리면 다음 해엔 근속 승진이라 자존심이 걸린 문제였다. 감기는 눈을 비비며 의료법에 관한 판례를 읽던 중 반장에게 전화가 왔다.

 부검 끝났어. 이거 일이 커질지도 모르겠는데.

"네? 왜요?"

 제초제 성분이 나왔어. 그라목손 같아.

그라목손은 강력한 독성 때문에 판매가 금지된 제초제다. 다만 워낙 대중적으로 사용되었기 때문에 소매점을 중심으로 아직 유통되는 경우가 있었다.

"음독이에요?"

 어. 위에서는 젤리류 검출.

아까 문제집에서 읽고 있던 게 강제 채뇨 사건 판례였나. 채뇨는 수사에 부득이하다고 인정될 때에만 적법한 절차에 의해 이루어져야 하고 이때 적법한 절차란 숙련된 의료인이 소변 채취에 걸맞은 의료 장비와 시설을 갖춘 곳에서 피해자 부담을 최소화하는 방식으로 실시하는 것을 의미한다. 갑자기 들이닥친 너무 많은 정보 때문에 머리가 잘 돌아가지 않아 D경장이 벙벙하게 되물었다.

"젤리, 뭐요?"

 그 아이돌 있잖아. 양준우 독살 사건이랑 수법이 똑같다고.

일단 서에 가서 얘기하자.

그때 D경장은 환시를 보았다. 눈앞에 커다란 강이 유유히 흐르는데, 승진 시험이 시시덕거리며 그 강을 헤엄쳐 건너더니 시야에서 사라졌다.

10

죽을 만한 짓을 했네

ㅅ고등학교에서 배움터지킴이로 일하고 있는 이한수(가명, 61세)가 순찰을 하다가 체육관 뒤편에 모여 있는 학생들을 발견한 것은 하교 시간이 한참 지난 이른 저녁이었다. 다갈색 교복을 입은 여학생들이 서로 어깨를 치며 킬킬대고 있었다. 좀 더 가까이 다가가서 살펴보자 대여섯 명이 무리를 짓고 한 명만 조금 거리를 둔 채 서 있는 모습이 아무래도 괴롭힘을 당하고 있는 듯 보였다. 이한수의 기척을 느끼고 무리 지어 있던 학생들이 뒤를 돌아보았다. 그중 키가 큰 한 명이 먼저 반갑게 인사를 했다.

"지킴이 선생님 안녕하세요!"

인사를 한 학생은 ㅅ고등학교 학생회장 김예은(가명, 18세)이었다. 몸을 꾸벅 접어 인사하는 김예은을 보며 이한수가 미소 지었다.

"집에 안 가고 여기서 뭐 해?"

학생들이 무언가를 가리는 것처럼 둥글게 이한수를 에워쌌다.

"저희 국어 수행평가 연습하느라고요."

"수행평가가 뭔데."

"연극이요."

"어떤 선생님?"

"최유리 쌤이요."

"저 친구는 왜 저러고 있어?"

이한수가 가리키자 혼자 서 있던 학생이 놀라며 가방끈을 고쳐 쥐었다. 김예은이 웃으며 말했다.

"우리가 연기 봐주는 거예요."

김예은은 특별한 학생이었다. 언제나 먼저 다가와 인사를 하고, 꼬박꼬박 '지킴이 선생님'이라고 부르며 예의를 다했다. 그 뿐이었다면 이한수가 단지 좀 기특해하는 정도에 그쳤겠지만, 올초에 있었던 일로 김예은에 대한 평가가 크게 뛰었다.

이한수를 비롯한 두 명의 배움터지킴이들이 학교 측으로부터 고용 계약 해지 통보를 받았다. 도 교육청에서 배움터지킴이를 정규직 전환 대상에 포함하지 않아 벌어진 일이었는데, 군 부사관 퇴직 후 9년간 줄곧 ㅅ고등학교에서 지킴이로 성실히 일해온 이한수로서는 크게 속이 상했다. 이때 나서준 것이 김예은이었다. 당시 막 학생회장에 당선되었던 김예은은 'ㅅ고등학교 배움터지킴이 선생님들의 복직을 촉구합니다'라는 페이스북 페이지를 만들고 학생과 학부모를 대상으로 서명 운동을 펼쳤다. 서명 인원이 천 명을 넘기고 사태가 언론에 보도되자 도 교육청이 배움터지킴이 거취를 학교장 재량에 맡겨 재계약이 성사되었다. 몇 번이고 고맙다고 말하는 이한수에게 김예은은 지킴이 선생님이 지금까지 우리에게 베푸신 걸 갚는 거라며 의젓한 얼굴을 했다. 그러니까 이한수는 김예은을 높게 평가할 수밖에 없었다. 큰 빚을 졌다. 그것이 이한수의 눈을 흐리게 만들었다.

김예은이 혼자 서 있던 학생을 앞으로 끌어내며 말했다.

"얘가 주인공이라서 대사가 많아서요. 그치, 은하야?"

은하라고 불린 학생이 격하게 고개를 끄덕였다. 이한수와 눈을 마주치려고 하질 않았다.

"그래."

이한수는 후일 이 순간을 깊이 후회하게 된다.

"너무 늦게까지 하지는 말고."

"네, 걱정해주셔서 고맙습니다!"

김예은이 활짝 웃으면서 인사했다. 정문으로 돌아가면서 이한수는 여전히 찝찝한 기분이 들었지만 괜한 걱정이라고 스스로를 설득했다. 설마 김예은처럼 똑똑하고 착한 학생이 공연한 일을 벌일까 싶어서.

김예은의 직접 사인은 다발성 장기 부전이었으며 제초제인 그라목손을 치사량 섭취한 것으로 밝혀졌다. 섭취 경로는 나인F&B의 '활력 비타민C 곤약 젤리 자몽 맛'이었고 양준우 연습생이 섭취한 것과 종류는 다르지만 같은 회사 제품이었다. 제조사 나인F&B에는 비상이 걸렸다. 경찰이 양준우 사건과 김예은 사건의 연관성에 대해 말을 아끼는 동안 갖가지 소문들이 걷잡을 수 없이 퍼져나갔다. 그중에서도 나인F&B의 베트남 공장에서 일하고 있는 한 직원이 한국으로 나가는 제품에만 무작위로 그라목손 농약을 주입하고 있다는 '베트남발 묻지마 테러' 설이 폭발적인 호응을 얻었다. 나인F&B는 베트남에 공장이 없는데도 불구하고 이 루머는 SNS를 중심으로 번져나갔고, 예능에서 활동하던 베트남 출신 방송인이 악플을 멈춰달라고 호소하기에 이르렀다.

상황을 타개하고자 나인F&B는 대대적인 미디어데이를 열었다. 기자들을 대동해 생산 라인을 돌면서 원칙적으로 이물질이 투입될 수가 없는 공정임을 강조했다. 실제로 나인F&B 곤약 젤리 생산 라인의 자동화 수준은 95퍼센트로 매우 높은 편이며, 이에 따라 지난 3년간 생산직 노동자 8백 명이 해고된 바 있다.

한편에서는 사망자 김예은에 대한 추모의 물결이 이어졌다.

학생회장으로 활동하며 배움터지킴이 복직 캠페인을 벌였던 것과 일본군 성 노예 문제를 국제적으로 알리고 피해자들을 후원하기 위해 크라우드 펀딩을 진행했던 일이 화제가 되었다. 많은 사람들이 안타까워하며 이 어리고 '개념 있는' 소녀의 죽음을 기렸다. 경찰의 공식 발표가 있기 전까지.

사건 발생 열흘 만에 진행된 언론 브리핑에서 경찰은 용의자로 김예은의 동급생 E를 긴급 체포했다고 발표했다. 이 사건은 모방 범죄로, 양준우 연습생 독살 사건에 영향을 받았을 뿐 동일범의 소행은 아니라는 점을 확실히 했다. 범행 동기를 묻는 기자의 질문에 경찰은 용의자가 피해자에게 집단 괴롭힘을 당하는 과정에서 앙심을 품었다는 설명을 하며 '생기부 셔틀'이라는 단어를 사용했는데, 많은 이들이 이 생소한 표현을 궁금해했다.

이 단어의 용법을 묻기 위해 입시 코디네이터 남혜진을 만났다. 남혜진은 피해자 김예은의 입시 상담을 해준 적이 있으며, 사건 이후 유튜브 계정을 개설하여 '살인을 부르는 생기부 셔틀의 진짜 정체'라는 제목의 영상을 게재, 조회 수 110만을 달성했다. 먼저 입시 코디네이터가 하는 일을 물었다.

"드라마 〈스카이 캐슬〉 기억나세요? 좀 과장되기는 했지만 기본적인 역할은 거기 나온 코디네이터랑 비슷하다고 보시면 돼요."

주로 대입 학생부 종합 전형에 유리하도록 생활기록부에 기록할 교내·외 활동 포트폴리오를 짜주고 과목별 공부 전략을 컨설팅한다고 했다.

"대입에 생활기록부가 중요해진 지는 벌써 오래됐죠. 생기부 셔틀이란 이 생활기록부에 적을 활동을 대신 시키는 신종 따돌림입니다."

김예은과 친구 네 명은 용의자 E를 '뚱뚱하고 못생겼는데 공부를 잘해서 기분 나쁘다'라는 이유로 표적으로 삼아 생기부 셔틀로 이용했다고 한다. 생기부 셔틀은 봉사 활동이나 각종 대회 대리 참석 및 대리 제출이 가장 일반적이었으나 김예은은 더 창의적인 방법을 동원했다.

"예은이한테 크라우드 펀딩을 권했었거든요. 그때 좀 앞서 있는 애들한테 유행이었어요. 교수들이 586세대잖아요. 사회 참여적인 소재 하나 잡아서 고등학생이 펀딩을 받았다고 하면 대학에서 좋게 본다는 얘기가 있었든요."

크라우드 펀딩은 사업자가 온라인 플랫폼으로 불특정 다수에게 자금을 모으는 투자 방식이다. 초기 자금이 부족한 스타트업이나 개인들이 많이 활용하는 것으로 알려져 있다. 그러나 남혜진 코디네이터는 이 플랫폼이 스펙을 위해 활용되는 사례도 적지 않다고 주장했다. 국내 최대 크라우드 펀딩 사이트 투블이 발표한 통계에 의하면 지난 5년간 펀딩 프로젝트 제안자의 연령대는 갈수록 낮아졌는데, 작년에는 10대 비중이 3퍼센트, 20대는 22퍼센트에 달했다. 이들 모두에게 해당되지는 않겠지만, 수험생이나 취업준비생 커뮤니티에 가면 크라우드 펀딩 관련 팁이 정리되어 공유되고 있는 모습을 확인할 수 있다.

"근데 이 크라우드 펀딩이라는 게 목표 투자 금액을 100퍼센트 이상 채워야 면이 서잖아요. 보통 학부모들끼리 계를 만들어서 투자액을 돌려 막기 하는 경우가 많아요. 근데 예은이는 그게 필요 없다고 하더라고요."

투자해줄 사람이 따로 있다고 명랑하게 말했다고 한다.

"그게 용의자 E였던 거죠."

경찰 조사에서 E는 김예은을 비롯한 총 세 명의 크라우드 펀딩 프로젝트에 약 480만 원을 후원했고, 이는 전적으로 협박과 폭력에 의한 행위였다고 진술했다. 이 돈을 마련하기 위해 E는 부모님 돈을 빼돌리다가 감당이 안 되자 자전거를 훔쳤다.

E가 겪은 또다른 생기부 셔틀은 에세이 집필이었다. 독립출판물 출간 경험을 생기부에 넣고 싶었던 김예은과 친구 두 명이 E에게 에세이를 받아 이를 자신들이 쓴 것처럼 포장한 것이다. 이 책의 제목은 《오늘 문득 나를 사랑한다고 말했다》로, 서울 시내 독립서점 세 곳에 입점되었다. 뉴스가 나간 후 '살인자가 쓴

독립출판물'이라는 입소문을 타며 온라인에서 정가의 약 스무 배인 17만 원에 거래되었다.

이러한 사실이 알려지면서 여론이 뒤집혔다. 각 지역 교육청에서는 서둘러 일선 고등학교에 공문을 보내 '생기부 셔틀' 실태 조사에 나섰고, 공중파 3사는 저녁 종합 뉴스 프로그램에서 관련 주제를 두세 번째 순서로 배치하며 무게감 있게 보도했다. 생기부 셔틀에 대한 모 언론사 기획 기사에는 '죽은 건 안타깝지만 죽을 만한 짓을 했네'라는 댓글이 추천 수 1589개를 받아 베스트에 올랐다. 이 기사는 국내 점유율 1위인 포털 사이트 메인에 열여덟 시간 동안 노출됐다.

이에 김예은의 부모가 직접 나섰다. 변호사를 대동한 기자회견을 통해 용의자 E의 주장을 반박함과 동시에, E가 매우 철두철미하게 지능적으로 살인을 계획한 정황을 폭로했다. 왜 양준우 연습생 독살 수법을 따라 했냐고 경찰이 묻자 그래야 사람들이 관심을 가질 것 같아서라고 대답한 점, 독극물을 먹고 괴로워하는 김예은을 동영상으로 촬영한 후 개인 SNS 계정에 올렸다가 삭제한 일 등을 근거로 김예은의 부모는 E가 전형적인 자기과시형 사이코패스 살인자라고 주장하였다.

장인혜 PD를 비롯한 〈디 아이돌 특별 편:소년 단죄〉 제작진은 2주간 결방을 하며 이 모든 상황을 예의 주시하고 있었다. 장인혜 PD의 주장에 의하면, 본인은 그만하자고 말했다고 한다. 모방 범죄는 범죄를 소재로 한 TV 프로그램이 일으킬 수 있는 최악의 부작용이다. 도저히 계속할 용기가 나지 않는다고 울먹이는 장인혜 PD를 설득한 사람은 직속 상사인 도재선 CP였다.

"본질만 생각하자고 하시더라고요. 우리의 사명이요. 준우가 왜 죽었는지, 대체 누가 죽였는지, 그 젊고 찬란한 생명이 어째서 그렇게 허무하게 사라져야 했는지."

그리고 레깅스 업체 프로미스가 약속한 제작 지원금과 광고비에 회사의 이번 분기 흑자 전환이 달려 있다는 사실을 주지시켰다. TMB는 이전 9분기 동안 적자를 기록 중이었다.

도재선 CP는 장인혜 PD를 격려하며 '진심은 통한다'고 말했다. 그들은 정공법을 택하기로 했다. 기자 간담회 일정이 각 언론사에 공지되었다.

11

플래시 방어력 0인 우리 애기

〈디 아이돌 특별 편:소년 단죄〉 긴급 기자 간담회에 열 명의 용의자 연습생들이 참석한다는 사실이 알려지자 팬들은 크게 술렁였다. 〈디 아이돌〉 시즌 3이 흐지부지 종료된 후, 실질적으로 연습생들이 외부에 노출되는 첫 공식 석상이었다. 팬들은 기자 간담회에 연습생을 방패막이로 세우는 제작진들의 악랄함에 치를 떨어야 할지, '내 새끼'를 오랜만에 본다는 사실에 좋아해야 할지 몰라 울다가 웃었다.

각 연습생들의 '홈마'들은 바빠지기 시작했다. '홈페이지 마스터'의 줄임말인 홈마는 아이돌 행사나 공연을 따라다니며 고화질 사진을 촬영하여 올리는 팬들로 최근에는 대부분 홈페이지가 아닌 소셜 미디어에서 활동하고 있다. 백세민 연습생의 홈마로 활동하면서 팔로워 3만 6천 명을 보유하고 있는 '보이 인

마이 포켓(이하 보이마켓)'은 간담회 소식을 듣자마자 F기자에게 메시지를 넣었다. 이번에도 언론사 프레스증을 빌릴 수 있는지 확인하기 위해서였다. F기자는 어려울 것 같다며 곤란한 기색을 비치더니 양도가로 80만 원을 제시했다.

F기자와 처음 거래를 한 것은 4년 전, 보이마켓이 다른 닉네임으로 타 아이돌 홈마를 하고 있었을 때였다고 한다. 이전까지 보이마켓은 프레스 라인에서 사진을 찍기 위해 같은 처지인 홈마들을 모아 차린 유령 회사를 언론사로 등록해놓은 채 활동하고 있었다. 이런 사례가 점차 많아지자 유령 언론사를 걸러내기 위해 프레스 행사 출입 언론사 조건이 점점 까다로워졌고, 결국 양도 쪽으로 눈을 돌려 트위터를 통해 F기자를 만났다.

80만 원은 그동안 F기자가 제시해왔던 금액의 상한선을 넘었지만 보이마켓은 망설임 없이 계좌에 돈을 입금했다.

"홈마가 사진 팔아서 대기업 연봉 수준으로 번다는 소문도 있더라고요. 그런 분도 있을 수 있죠. 근데 전 아니에요. 제가 아는 다른 홈마님들 중에도 그런 사람 없어요. 유료 사진전을 열거나 굿즈를 만들어서 팔아봤자 장비 값이랑 교통비, 숙박비 겨우 충당할까 말까 하거든요. 내 최애의 아름다운 모습을 기록해서 사람들에게 알리고 싶은 그 마음 하나로 내 돈과 시간을 투자하는 건데, 장사한다는 말 들으면 속상하고 그렇죠."

세간에 떠도는 '홈마는 아이돌의 초상권을 침해하면서 떼돈을 번다'라는 소문의 진상을 묻자, 억울하다는 듯 말했다.

보이마켓에게 연락처를 얻어 구매자로 위장하여 F기자에게 메시지를 보냈다. F기자는 비밀 엄수를 당부하며 프레스증과 명함을 사진으로 인증했다. 양도 가격은 40~100만 원 선이며 프레스 콜 성격이나 출연자에 따라 시세가 결정된다. 외국인도 가능하냐고 묻자 그건 따로 브로커를 통해야 한다며 다른 메신저 아이디를 알려줬다. 외국인은 위험 부담이 커서 비용이 100만 원부터 시작된다고 했다. 실제로 〈디 아이돌 특별 편:소년 단죄〉 긴급 기자 간담회 당일, 일본인 여성 두 명이 프레스증을 목에 건 채로 쫓겨났다. 주최 측이 그들을 가짜 기자로 판별할 수 있었던 이유는 옷차림 때문이었는데, 검은 레이스와 리본이 장식된 '고스로리룩'을 입고 있었기 때문이었다. 그날 보이마켓은 면바지에 옥스퍼드 셔츠를 매치한 '기자룩'을 입고 아무런 잡음 없이 프레스석에 들어갔다.

행사는 동영상 스트리밍 사이트에서 생중계됐다. 이하 기자 간담회 내용은 해당 영상을 근거로 작성하였다. 아나운서 이승조가 입을 떼며 간담회가 시작됐다.

"〈디 아이돌 특별 편:소년 단죄〉 긴급 기자 간담회에 앞서 몇 가지 유의 사항 말씀드리겠습니다."

기자 간담회의 시작을 알리는 이승조의 목소리에 긴장이 서려 있었다. 이번 기자 간담회 사회를 A급 진행자들이 모두 거절했다는 소문이 있었다. 좋은 말이 나오기 어려운 자리였다. 잘해도 본전, 작은 실수라도 저지르면 기자에게든 팬에게든 대중에게든 온갖 욕이 날아올 것이 뻔했다. 이승조도 여러 번 고사하다가 페이를 상당히 세게 받기로 하고 수락했다는 뒷이야기가 돌았다. 그에게는 이 자리가 프리랜서 선언 이후 첫 일거리였다. 언론사별로 한 번의 질문만 허가하니 양해해달라, 연습생 사생활에 관련된 질문은 삼가달라, 본 프로그램과 무관한 질문에는 대답을 해드리지 않는다 등 제작진이 전달한 사전 유의 사항을 꼼꼼히 읽어나가던 이승조가 무심코 재킷 안쪽에 손을 넣었다가 뺐다. 손수건을 찾았으나 챙겨오지 않은 것 같았다.

이윽고 장인혜 PD와 열 명의 연습생들이 무대에 등장했다. 사방에서 플래시가 터지기 시작했다. 행사 경험이 적은 연습생들이 눈을 제대로 뜨지 못하고 깜빡거렸다. 보이마켓은 그런 백세민 연습생을 찍어 '플래시 방어력 0인 우리 애기'라는 코멘트와 함께 트위터에 올렸다.

연습생들은 모두 블랙 슈트를 입고 있었다. 라임엔터 소속 연습생인 서노아, 제이든의 메이크업과 스타일링을 담당한 유엔제이 이희주 실장은 이것이 제작진이 요구한 드레스 코드였다고 말했다. 스타일링이 쉽지 않은 조건이었다. 블랙 슈트는 변주를 줄 만한 디테일이 적었고 간담회 분위기상 액세서리를 더할 수도 없어서 자칫 밋밋해 보이기 쉬웠다. 오랜 회의 끝에 제이든에게는 실크 재질 넥타이와 행커치프, 서노아에게는 프릴 디테일이 가미된 스탠딩 카라 셔츠로 포인트를 주기로 정했다. 그래도 이희주 실장은 여전히 만족스럽지 못했다고 한다.

"제이든은 그럭저럭 차분한 분위기가 났는데 아시다시피 노아는 얼굴 자체가 워낙 화려하잖아요. 색조 메이크업을 거의 안 했는데도 여전히 너무 반짝거린다고 해야 하나?"

고민 끝에 이희주 실장은 블랙 티타늄 안경을 선택했다. 창백한 톤의 메이크업, 이마 절반을 드러낸 헤어스타일, 거기에 테가 가는 안경을 걸친 서노아 연습생은 여태까지 보여줬던 상큼하고 사랑스러운 이미지와는 상반되는 섬세하고 처연한 분위기를 뿜어냈다. 덕분에 그날 사진은 팬들 사이에서 '갓(God)'과 간담회를 합친 '갓담회'로 불리며 다양한 홈마 굿즈에 메인 이미지로 활용되기에 이른다.

이렇게 각 연습생들이 '꾸민 듯 안 꾸민' 스타일링에 심혈을 기울인 데 비하여, 장인혜 PD는 눈썹 정리조차 하지 않은 맨얼굴에 구겨진 검정 셔츠를 입고 나타났다. 포토 타임이 끝나고 본격적으로 시작된 기자들의 질문은 장인혜 PD에게 집중됐다. 한율 연습생 성폭력 사건, 이하성 연습생 ㅁ사이트 댓글 논란 등을 당사자에게 직접 물어보려고 하는 기자들도 있었으나 사회자인 이승조가 사생활 언급은 삼가달라며 전부 막아냈다.

장인혜 PD와 기자들이 주고받은 일문일답의 일부를 소개한다.

— 모방 범죄에 책임감을 느끼는가?

우선 고인의 명복을 빈다. 너무나 안타깝고 충격적인 사건이다. 말씀드리기가 매우 조심스럽지만, 우리 프로그램의 영향을 받아 범죄를 일으킨 것이 아니라, 범인이 주목받고 싶어서 역으로 우리 프로그램을 이용했다고 보는 게 맞는 것 같다. 이용당한 준우와 우리가 오히려 피해자라고 생각한다.

— 프로그램이 연습생들에게 너무 가학적인 것 아닌가?

범인을 찾는다는 방송 콘셉트에 따라 어쩔 수 없는 부분이 있다. 남은 회차는 가급적 자극적인 연출을 줄이고, 있는 그대로를 전달하도록 노력하겠다. 연습생들이 느낄 심리적 어려움을 제작진도 함께 고민하고 있다. 촬영 현장에 전담 상담 인력이 배치되어 있다는 점도 함께 말씀드린다.

- 정말 양준우 연습생 독살 사건의 범인을 찾을 생각이 있는 가? 사실 지금까지 회차를 보면 살인 사건을 소재로 삼은 쇼라는 생각밖에 들지 않는다.

제작진도 최선의 노력을 다하고 있다. 지금까지 다소 흥미 위주 연출이 많았고 사건 해결과 동떨어져 보였을 수 있다. 남은 회차에서 달라진 모습을 기대해달라.

- 연습생들의 과거 행실이나 인성 논란이 부각되고 있는데, 출연자 검증이 미흡했던 것 아닌가?

시청자들에게 죄송하다는 말씀을 먼저 드린다. 하지만 우리 가 어린 연습생들에게 지나치게 가혹한 도덕적 잣대를 들이 대고 있는 건 아닌지 다시 한번 생각해주시길 간곡히 부탁드 린다. 실수 없이 성장하는 사람이 누가 있는가. 우리 중에 죄 없는 이, 연습생에게 돌을 던지라고 감히 말하고 싶다.

- 앞으로 남은 회차가 몇 화인가?

정해져 있지 않다. 범인을 찾을 때까지 계속할 것이다. 그 것이 우리가 준우에게 표할 수 있는 최소한의 예의다.

장인혜 PD는 훌륭한 수비수였고 기자들은 좀처럼 공격 찬스를 잡지 못했다. 질의응답의 핑퐁 속에서 연습생들은 표정 관리에 힘쓰며 줄곧 곧은 자세를 유지했다. 이하성 연습생이 하품을 누르려고 뺨을 이상하게 부풀리는 모습이 카메라에 잡힌 것을 제외하고는, 모든 것이 평탄했다. 팬들의 묘사대로 연습생들은 '예쁜 병풍' 역할에 충실했다.

그칠 줄 모르는 질문 공세를 틀어막고 사회자 이승조가 마무리 멘트로 장인혜 PD에게 앞으로의 각오를 물었다. 여태 청산유수로 말하던 장인혜 PD가 머뭇거리더니 조심스레 입을 열었다.

"준우를 처음 봤을 때가 아직도 생각납니다. 혹시 랩 말고 노래도 들려줄 수 있냐고 묻자 제이의 〈어제처럼〉을 불렀어요. 그렇게 옛날 노래도 아냐고 물으니까 어머니가 좋아하시는 노래라서 안다고."

장인혜 PD가 여기서 말을 끊고 다급하게 숨을 삼켰다. 누가 들어도 울음을 참는 소리였다. 심호흡을 하더니 얘기를 이어갔다.

"준우가 하늘나라로 떠나고 저는 편집실에 며칠 동안 혼자 틀어박혀 지난 촬영본을 돌려봤습니다. 거기서 저는 수많은 준우의 순간들을 만났어요. 말없이 몇 시간이고 연습에 매진하는 준우, 협찬받은 감자칩을 가슴에 안고 웃는 준우, 방출 결정이 난 연습생을 끌어안고 우는 준우, 그 모든 순간이 눈부시게 반짝였던 연습생 양준우를요. 그리고 결심했습니다. 저는 PD로서, 그리고 정의로움의 가치를 믿는 한 명의 인간으로서, 제 모든 것을 바쳐서 이 찬란했던 소년을 우리로부터 앗아간 악마의 실체를 밝힐 것입니다. 여러분이 믿지 않으셔도 어쩔 수 없습니다. 이것만이 제 온전한 진심입니다."

장인혜 PD의 뺨에 굵은 눈물이 흘러내렸다. 플래시가 현란하게 터졌다. 우는 장인혜 PD를 연습생들이 부축하며 퇴장했다.

이후 〈디 아이돌 특별 편:소년 단죄〉에 대한 비난 여론은 잠시 소강상태에 이르렀다. 조금씩, 그러나 결코 무시하지 못할 속도로 사람들이 장인혜 PD가 남긴 말과 눈물에 설득되기 시작했다. '장 씨'라고 부르며 비꼬고 공격하던 팬들 사이에서도 장인혜 PD가 없었더라면 지금의 내 아이돌도 없었을 거라며 넌지시 두둔하는 목소리가 흘러나왔다. '악마의 편집'으로 악명이 높았지만 반면 '천사의 편집'으로 연습생들의 매력을 꺼내 보여준 사례들도 재조명을 받았다. 그렇게 장인혜 PD의 '진심'이 서서히 대중에게 스며들고 있던 때였다. 〈디 아이돌 특별 편:소년 단죄〉 공식 동영상 채널에 3화 예고 영상이 업로드됐다. 타이틀은 다음과 같았다.

〔3화 예고〕소년 단죄, 양준우 사망 영상 최초 공개!

12

쪽쪽 빨렸구만

약속 장소는 경기도 고양시에 위치한 모 프랜차이즈 카페였다. 오후 4시가 넘어가자 교복을 입은 학생들이 유리창 너머로 무리를 지어 지나갔다. 그 사이로 한 명이 문을 열고 카페에 들어왔다. 키가 훌쩍 크고 젖살이 빠진 이하성 연습생이었다.

용의자 연습생 중 유일하게 인터뷰에 응해준 이하성 연습생은 현재는 소속사를 나와 학업에 전념하고 있다. 부쩍 성숙해진 분위기를 풍겼지만 테이블에 놓인 청포도 타르트와 치즈 케이크를 보며 좋아하는 얼굴은 여전히 앳되어 보였다.

"저 공부 괜찮게 해요. 중간고사 때 평균 80점 넘었는데."

치즈 케이크 한 조각을 두 입에 먹어치우고는 하얀 부스러기를 뺨에 묻힌 채로 이하성 연습생이 꾸밈없이 웃었다.

"그때 일을 생각하면 꿈을 꿨던 것 같은 기분이 들어요."

굳이 분류하자면 악몽이라고 덧붙였다. 아픈 기억이리라 짐작하면서도 이하성 연습생에게 인터뷰를 요청한 이유는 당사자에게 〈디 아이돌 특별 편:소년 단죄〉 3화에 얽힌 비하인드 스토리를 직접 듣고 싶었기 때문이다.

본격적인 인터뷰에 앞서 이하성 연습생은 꼭 하고 싶었던 얘기가 있다며 이 말만은 편집하지 말고 그대로 내보내달라고 부탁했다.

"저 이제 ㅁ사이트 안 해요. 절대. 네버. 그러니까 미워하지 말아주세요."

이하성 연습생이 우는 것처럼 웃었다. 프로그램 방영 당시 이하성 연습생은 열여섯 살이었다. 현재는 열여덟 살이다.

양준우 연습생 유족이 〈디 아이돌 특별 편:소년 단죄〉 3화에 대해 방송 금지 가처분 신청을 했다. 유족 측은 프로그램이 사망 당시의 화면을 방송함으로써 고인이 된 피해자의 인격권을 심각하게 침해하려 한다고 주장했다. 이에 제작진은 이 프로그램이 살인 사건의 진실을 파헤침으로써 공공 이익에 기여한다는 점, 그리고 영상 방영에 대해 유족과 사전 협의를 마쳤다는 점을 내세우며 맞섰다. 근거로 제출한 계약서에는 다음의 내용이 명시되어 있었다.

1조 1항. 갑(제작사)은 을(유족)에게 5억 원의 위로금을 제공한다. (……) 3조 1항. 1조 1항에서 명시한 위로금에는 생전 고인이 출연한 영상 전송에 따른 출연료가 포함된다. (……) 7조 2항. 고인의 출연 영상에 관한 전송권은 전적으로 갑에 귀속된다.

유족은 아들 목숨값으로 5억을 벌었다는 비아냥을 들으며 심리에 임했다. 재판부는 일부 인용을 선언하며 유족 요구 사항에 따라 문제의 사망 장면을 일부 수정하여 방영할 것을 선고했다. 일부 수정. 사실상 제작진의 승리였다.

방송일인 금요일 저녁이 될 때까지, TMB는 3화 예고 영상의 광고를 총 95회 집행하였다. 실로 기록적인 노출 빈도였다.

자극적인 제목과 달리 예고 영상의 내용은 소박했다. 연습생 열 명이 심각한 얼굴로 대화를 나눈다. 언성이 높아지는 연습생들. 화가 나서 벽을 발로 걷어차거나 의자를 거칠게 박차고 일어난다. 이후 '나는 안 보고 싶어' '진짜 ○(무음 처리)같다' 등의 목소리가 흘러나왔다. 그리고 구석에 웅크려 괴로워하거나 천장을 바라보며 한숨을 쉬는 연습생들의 모습. 이윽고 모자이크 처리된 자료 화면과 함께 다급한 비명 소리가 깔리며 영상은 종료된다.

그 비명의 주인공이 자기라며 이하성 연습생이 멋쩍게 웃었다. 괴로운 이야기를 할 때 웃는 게 습관이 된 것 같았다.

"그때 제가 준우 형 바로 옆에 있었거든요."

목격자가 직접 들려주는 생생한 현장 증언은 잠시 후에 만나보도록 하자. 지금은 일단 문제의 〈디 아이돌 특별 편:소년 단죄〉 3화를 함께 시청할 차례다.

MC 강혜성은 베르사체 블랙 슈트를 입고 나타났다. 연습생들은 프로미스의 포도 모양 로고가 새겨진 파란색 트레이닝복을 입고 멍한 표정으로 그의 등장을 지켜봤다. 유호성 PD에 따르면 촬영 시 힘들었던 일 중 하나가 리액션 편집이었다고 한다. 3화에 이르자 연습생들 얼굴에서 표정이 사라졌다. 움직임이 작아지고 무기력해졌다. 제이든 연습생과 이하성 연습생이 이 시기 자주 카메라에 얼굴을 비친 데에는 제작진의 이러한 고충이 숨겨져 있다. 제이든 연습생은 로스앤젤레스 출신으로 제스처와 표정이 풍부했고, 이하성 연습생은 매 경연마다 '표정 부자'로 스포트라이트를 받은 적이 있다. MC 강혜성이 3화의 룰을 말하는 동안 놀라는 표정으로 원숏을 받은 연습생 역시 이 두 사람이었다.

"오늘의 국민 배심원은 여러분들 자신입니다. 여러분이 직접,

양준우 연습생 살인 사건의 범인을 투표로 뽑아주시면 됩니다. 단 투표는 지금으로부터 두 시간 후에 실시될 것입니다. 그때까지 여러분은 이 방에서 나가실 수 없습니다. 이 안에서는 모든 것이 자유입니다. 설득을 하든 협박을 하든 침묵을 하든, 뭐든지요."

연습생들 손에 칼이 쥐어졌다. 이 칼로 동료 중 한 명을 베어내는 것이 오늘의 미션이었다.

유호성 PD는 3화 아이디어를 만화책에서 얻었다고 했다. 로마 시대를 배경으로 한 작품으로 노예 권투사들이 주인공이었다. 콜로세움 경기장에서 노예들이 살아남기 위해 서로를 죽이는 장면에서 모티브를 따왔다고 한다.

강혜성의 설명이 끝나자 정서준 연습생이 침을 꼴깍 삼켰고 이하성 연습생은 옆에 있던 서노아 연습생의 팔을 붙잡았다. 안민영 연습생이 눈을 감았다. 분노했는지 체념했는지 구분하기 어려웠다.

강혜성이 계속해서 세부 규칙을 안내했다. 무얼 하든 자유지만 범법 행위는 금지, 이 방에서의 두 시간은 전부 녹화되며 사각지대는 없음, 화장실에 갈 경우 스태프를 대동, 지난 회차들과 마찬가지로 투표로 뽑힌 1등에게는 자신이 생각하는 범인을 지목할 권한이 주어지며 그렇게 선발된 2인이 거짓말 탐지기 앞에 올라가게 된다. 나머지 룰은 이전과 동일.

"이번이 마지막 촬영이 될지 아닐지는 여러분에게 달렸습니다. 부디 최선을 다해 범인을 잡아주시길 바랍니다."

강혜성이 나간 후, 무겁게 가라앉은 분위기 속에서 연습생들은 한동안 말을 잃었다. 어렵게 물꼬를 튼 이는 류찬영 연습생이었다. 애써 밝게 꾸며낸 목소리가 애처롭게 들렸다.

"어떻게 하고 싶은지 우리 편하게 얘기해볼까?"

1화에서 범인으로 선발된 후 마음고생이 심했던 모양이다. 류찬영 연습생은 지난 기자 간담회에서 놀랍도록 야윈 모습으로 나타나 팬들에게 충격을 안겼다. 그 모습이 포털 사이트에 업로드되자 '쭉쭉 빨렸구만' '찬영아 적당히 해라 그러다가 혹 간다ㅋㅋ' 같은 댓글들이 달렸다. 2화에서 조수들이 류찬영 연습생 핸드폰을 뒤져 찾아낸, 소개팅 어플의 자기소개 '잘 빨아주는 사람 구함'을 염두에 둔 조롱이었다. 이전까지 류찬영 연습생을 수식하던 '어리찬(어차피 리더는 류찬영이다)' '찬또찬(류찬영이 또 류찬영했다는 뜻으로 그가 상대를 배려하는 행동을 했을 때에 감탄하며 사용)' 같은 별명은 자취를 감췄다. 대신 사람들은 류찬영 연습생을 '빨대'라고 부르며 빈정거렸다. 비웃음은 끝이 없었고 매번 창의적인 방식으로 갱신됐다.

처음 류찬영 연습생에게는 부잣집 도련님 같은 귀티가 있었다. 지금 그의 얼굴에는 궁지에 몰린 사람 특유의 절박함이 깃들었다.

"뭘 말하라는 거예요?"

권희종 연습생이 퉁명스레 대꾸했다.

"두 시간 동안 뭘 하고 싶은지 얘기해보자."

"꼭 뭘 해야 돼요? 그냥 가만히 있다가 투표만 하면 되잖아요."

"아무것도 안 해? 그냥 앉아 있어?"

"뭘 하든 자유라면서요. 왜요. 그럼 우리끼리 상의해서 누구 몰아주기라도 해요? 형, 혹시 그러다 또 뽑힐까 봐 무서워서 선빵 날리는 거예요?"

"너 말을 왜 그렇게 해."

"형은 한 번 더 뽑히면 이제 완전 아웃이지. 거의 연예계 아웃이라고 봐야지."

"그래서 지금 날 뽑겠다고?"

순식간에 험악해진 분위기를 진정시킨 것은 임의현 연습생이었다.

여태 임의현 연습생은 존재감이 없었다. 애초에 제작진이 심하다 싶을 정도로 홀대하던 멤버였다. 임의현 연습생 팬 연합이 내놓은 통계에 따르면 〈디 아이돌〉 시즌 3에서 임의현 연습생의 회당 평균 출연 시간은 2.8초였다. 아예 단 한 번의 노출도 없었던 회차 두 번을 포함한 수치였다. 그럼에도 불구하고 높은 순위를 유지할 수 있었던 이유는 오로지 얼굴이었다. 시즌 3 방영 전, 연습생별 자기 PR 영상이 업로드되었을 때 임의현 연습생은 일본 애니메이션 〈하울의 움직이는 성〉의 주인공 하울 실사화라며 시청자들 사이에서 많은 화제를 모았다. 그러나 그뿐이었다. 방송에 도통 나오질 않으니 서사도 관계성도 캐릭터도 없었다. 3차 순위발표식 때 11위로 턱걸이를 하며 최종 라운드에 진출한 것도 기적에 가까웠다. 팬들은 임의현 연습생이 제작진 도움 없이 오로지 자력으로만 인기를 얻고 있다며 '자영업자'니 '자가발전소'니 하는 별명을 붙이며 자조했다. 이러한 흐릿한 존재감은 〈디 아이돌 특별 편:소년 단죄〉에도 이어졌다. 1화 방영 당시 워낙 화면에 안 잡혀서 팬들은 임의현 연습생이 출연하지 않은 줄 알고 좋아했다는 웃지 못할 풍문도 있다. 2화에서 조선족이라는 사실이 밝혀졌던 순간이 처음으로 잡힌 원숏이었다. 이마저도 다른 연습생들이 대형 폭탄을 여기저기서 빵빵 터트려대는 바람에 금방 화제에서 밀려났지만.

"왜 우리에게 두 시간이 주어졌는지 생각해봤어요."

좁은 방에 울려퍼지는 임의현 연습생 목소리는 나이답지 않게 침착하고 진중했다. 여기서부터 임의현 연습생의 발언이

30초간 편집 없이 이어진다.

"바로 투표를 해도 되는데 왜 두 시간 후인 걸까. 그리고 왜 우리를 한방에 몰아넣었을까. 아마 이런 모습을 연출하고 싶었겠죠. 지금 찬영이 형이랑 희종이처럼. 우리가 서로 의심하고 편가르고 싸우는 모습, 고통스러워하는 모습, 멘탈이 나가서 완전히 너덜너덜해지는 모습을 찍으려고요. 지난번에도, 그 지난 촬영 때도 그랬잖아요. 두 번이나 당했으면 이제 충분하지 않아요?"

권희종 연습생이 여전히 불만스러운 말투로 대꾸했다.

"방법이 있어?"

"우리가 투표용지에 그 누구의 이름도 적지 않는다면 어떻게 될까? 백지를 낸다면? 용의자가 없다고, 모두가 결백하다고 힘을 합쳐서 주장한다면?"

"그건 룰 위반이야."

뒤에서 백세민 연습생이 끼어들었다. 임의현 연습생이 반박했다.

"애초에 먼저 룰을 어긴 건 누구죠? 추모 무대라고 세워놓고 사실은 범인을 찾는 중이라고 말을 바꾼 사람은? 안티를 조수라고 속인 사람은? 이 정도 되면요, 생각하게 돼요. 이 프로그램은 애초에 룰을 어기는 게 룰이 아닐까."

임의현 연습생이 잠시 숨을 골랐다. 마치 연극 무대에서 배우가 중요한 대사를 내뱉기 전에 휴지를 두는 것처럼.

"우리가 힘을 모으면 협상력을 가질 수 있어요."

연습생들의 눈빛이 흔들렸다. 파장이 일었다. 흐름이, 바뀌기 시작했다.

13

그리고 진짜 적이 나타나죠

"그냥 나를 뽑으면 어때?"

임의현 연습생의 말을 곱씹어보던 백세민 연습생이 말했다. 옆에서 서노아 연습생이 농담하지 말라는 듯 어깨를 쳤다.

"아니, 들어봐. 의현이 말대로 다 같이 백지를 낸다고 쳐. 그다음은? 어차피 새로운 사람들이 국민 배심원으로 다시 나타날 거잖아. 이번만 임시방편으로 넘기는 게 의미가 있어?"

"제 말은 임시로 넘기자는 말이 아니라 우리가 힘을 합쳐서 협상권을 가지자는 의미예요."

"만약 내가 뽑히면, 준우를 죽이지 않았다고 대답할 거고 분명히 거짓말 탐지기에는 '진실'이 뜰 거야. 왜냐하면 나는 정말로 준우를 죽이지 않았으니까. 이걸 모두가 한 번씩 거치면, 우리 안에 범인이 없다는 걸 증명할 수 있어. 그럼 이 프로그램도 자연스럽게 끝날 거야. 여기서 벗어날 수 있어."

몇몇 연습생들이 프로그램을 '벗어날 수 있다'는 부분에 반응했다. 일견 설득력 있는 주장이었지만 이 말에는 한 가지 전제가 깔려 있었다. '우리 중에는 범인이 없다.'

"만약에, 혹시, 진짜 범인이 있으면 어떻게 돼요?"

안민영 연습생이 조심스레 물었다. 백세민 연습생이 어깨를 으쓱 끌어올렸다.

"그렇다면 한 명씩 돌아가는 과정에서 결국 밝혀지겠지?"

"뭘 그렇게 질질 끌어요. 지금 우리 수건돌리기 하는 중? 이번 화에서 바로 범인을 찾으면 더 기다릴 것도 없이 그냥 끝인데. 집에 가는 건데."

여태 묵묵히 관망만 하던 한율 연습생이 더는 못 들어주겠다는 듯이 이죽대며 말했다. 이미 1화에서 양준우 연습생을 죽이지 않았다는 '진실' 판정을 받았기 때문인지, 이 중에 범인이 있다는 뉘앙스의 말을 하면서도 전혀 거리낄 것이 없는 태도였다. 마찬가지로 이미 거짓말 탐지기 앞에 선 전적이 있는 류찬영, 제이든 연습생이 카메라에 연달아 잡혔다.

"말 잘했네. 범인. 그래 그 범인 어떻게 찾을 건데?"

백세민 연습생 목소리에는 화가 꾹꾹 눌러 담겨 있었다. 한율 연습생이 자리에서 일어나 백세민 연습생에게로 다가가자 분위기가 삽시간에 얼어붙었다. 이하성 연습생이 인터뷰에서 얘기한 내용에 따르면, 열 명의 연습생 중 가장 나이가 많은 백세민 연습생과 서열 피라미드 꼭대기를 차지한 한율 연습생 사이에는 미묘한 알력이 존재했다. 스물다섯 살로 백세민 연습생과 동갑인 류찬영 연습생이 일찍부터 한율 연습생 서포터를 자처한 것과는 사뭇 상반되는 구도였다.

한율 연습생이 백세민 연습생을 한참 바라보다 히죽 웃었다.

"뭐, 한 명씩 잡아서 족칠까?"

"범법 행위는 룰 위반이야."

"아 ○○(무음 처리) ○(무음 처리)같은 룰, 룰, 룰밖에 모르는 앵무새세요?"

"한율."

"여기 내 이름 모르는 사람 있어요?"

"형들 그만요. 지금 다 찍히고 있잖아요."

임의현 연습생이 천장의 카메라를 손가락으로 가리켰다. 그때 문이 열렸다. 모든 연습생의 시선이 일제히 닿은 그곳에는 장인혜 PD가 서 있었다.

〈디 아이돌 특별 편:소년 단죄〉는 방영 내내 사회 지도층을 자처하는 지식인들에게 맹렬한 비난을 샀다. 각종 매체를 통해 이들은 해당 프로그램이 인간 존엄성을 위협하고 있다며 격한 어조로 개탄했다. 대중문화 평론가 이지혜 역시 지면을 통해 해당 프로그램의 비인간성을 지적한 바 있다.

"하지만 버라이어티 쇼로서의 완성도는 솔직히 인정하지 않을 수가 없죠. 인정하는 정도가 아니라 향후 10년간 이 정도 고퀄리티 쇼는 나오지 않을 거라고 봐요."

이지혜 평론가는 그 완성도를 만든 요소로 세 가지를 들었다. 첫째, 길티 플레저, 다시 말해 죄의식을 느끼면서도 즐거워하는 시청자 심리를 정확하게 타기팅한 주제 의식. 둘째, 어설픈 동정론이나 감정이입을 배제하고, 심판자 혹은 관찰자라는 제삼자 입장을 유지한 관음적 연출 방식. 셋째, 뚜렷한 갈등 구조를 기반으로 한 탄탄한 스토리텔링과 캐릭터가 그것이었다. 이지혜 평론가는 세 번째 이유를 설명하며 예시로 3화를 들었다. 비록 다른 회차에 비해 극적 반전이나 화려함은 덜했지만, 3화는 묻어두었던 갈등을 본격적으로 노출시키며 이후 회차에서 터져나올 에너지를 폭발시킨 물꼬 역할을 했다. 이지혜 평론가가 수첩에 백세민, 한율, 임의현 연습생의 이름을 적고 이 셋을 동그라미로 묶으며 설명을 이어갔다.

"2화까지 연습생들은 장식품이었어요. 팬들은 꽃 병풍이라고 불렀죠? 돌이 날아오면 날아오는 대로 그대로 맞으면서 당하고만 있었단 말이에요. 그런데 3화에서 얘네가 변한 거예요. 부당한 일에 목소리를 내고 서로 싸우고 전략을 도모하죠. 장식품이 아니라 인간이 됐어요. 감정과 욕망을 가진 캐릭터. 방아쇠를 임의현이 당겼고, 백세민과 한율이 그 위에 그럴듯한 갈등 구도를 덧붙였어요."

이지혜 평론가가 수첩에 동그라미를 하나 더 그렸다. A5 수첩 너비를 꽉 채우는 커다란 동그라미였다. 그리고 그 위에 장인혜 PD 이름을 적었다.

"그리고 진짜 '적'이 나타나죠. 지금까지 화면 밖에서만 존재하던, 매번 MC 강혜성의 명품 슈트 뒤에 숨어 있던 빌런이요. 타이밍이 기가 막히지 않아요? 연습생들이 장식품에서 인간으로 각성하는 순간, 기다렸다는 듯이 실체를 드러내는 악인. 근데 그 악인이 말이에요, 신장 150센치 언저리의 작고 왜소하고 나이 든 여자라는 반전까지."

이지혜 평론가의 목소리가 조금 격양되었다.

"솔직히 말해도 되나? 솔직히 말해도 돼요? 죄송한데 비속어 좀 쓸게요. 장인혜 PD가 노트북을 옆구리에 낀 채로 거북목을 하고 주춤거리며 연습생들 앞에 나타났을 때요. 저도 모르게 중얼거렸어요. 와 존나 혐오스럽고, 존나 멋지다."

이 말을 그대로 전하자 장인혜 PD는 한참을 웃었다. 장인혜

PD가 말하는 사정은 이랬다.

"그때 강혜성 MC가 스케줄이 있어서 자리를 비웠거든요. 조연출인 호성이한테 들어가라고 했더니 눈에 다래끼가 났다고 해서 어쩔 수 없이 제가."

〈디 아이돌〉전 시즌에 걸쳐 장인혜 PD가 카메라에 잡히는 유일한 장면이었으니 의미를 부여할 만도 했다. 웃음을 어느 정도 가라앉히고 장인혜 PD가 되물었다.

"근데 제가 그…… 혐오스러울 정도였어요?"

문가에 서 있는 그를 보고 연습생들이 메두사라도 본 것처럼 얼어붙어버린 것을 보면 적어도 이 열 명 한정으로는 혐오보다는 공포에 가까운 감정을 불러일으키는 것이 분명했다.

장인혜 PD가 방의 중앙으로 걸어와 책상에 노트북을 내려놓는 동안 연습생들은 손을 배 앞으로 모은 채 말이 없었다. 장 PD가 앞쪽으로 몸을 돌리자 몇몇 연습생들이 눈에 띄게 몸을 움찔했다.

"제가 갑자기 들어와서 놀라셨죠."

대답이 없었지만 장인혜 PD는 아랑곳 않고 말을 이어갔다.

"생각해보니까 우리가 여러분에게 좀 무리한 요구를 했더라고요. 아무 단서도 없이 무턱대고 범인을 찾으라고 하니 당황스러웠죠? 보아하니 방송 분량도 안 나올 것 같고 해서 힌트를 좀 가져왔어요."

눈짓을 하자 가까이 있던 정서준 연습생이 노트북을 세팅하고 전원을 켰다.

"사건 당일 연습실 CCTV 영상이에요. 도움이 되길 바랍니다."

범인 투표까지 한 시간 10분이 남은 시점이었다.

임의현 연습생과 백세민 연습생은 봐서는 안 된다고 했고 한율 연습생은 봐야 한다고 했다. 거수 결과는 2 대 8로 한율 쪽 승리였다. 여러 가지 논란에도 불구하고, 아니 그 논란 덕에 한층 더 한율 연습생은 최상위 포식자의 지위를 굳건히 지키고 있었다. 포기한 건지 필요가 없어진 건지 이제 위장조차 하지 않아서, 한율 연습생은 정서준 연습생이 빔 프로젝터 케이블을 못 찾고 버벅대자 대놓고 정강이를 걷어찼다.

동영상을 틀자 연습실이 나왔다. 양준우 연습생이 춤을 추고 있었다. 몇몇 연습생들이 곧장 얼굴을 일그러뜨렸다.

"바로 알았어요. 그날이구나."

이하성 연습생은 떠올리는 것만으로도 고통스러운지 초조하게 마른침을 삼켰다. 1년이 넘는 시간이 흘렀지만 어제 일어난 일처럼 기억이 생생하다고 했다. 사건 당일 연습생들은 팀을 나누어 연습실 두 곳에서 최종 경연 무대를 준비하고 있었다. 백세민, 한율, 제이든, 임의현, 안민영 연습생이 1팀. 이하성, 류찬영, 정서준, 서노아, 권희종 연습생과 양준우 연습생이 2팀이었다.

"안무가 거의 마무리돼서 동선을 맞춰보고 있었어요. 피디님이 오시더니 마이 뷰 리워드 촬영한다고. 협찬이니까 카메라 앞에서 최대한 맛있게 먹으라고……."

그가 말하는 '마이 뷰 리워드'란 멤버별 동영상 조회 수에 따라 간식 상자를 차등 지급하는 이벤트였다. 2팀에서는 여섯 명 전원이 조회 수 20만을 넘겨 동일한 간식 상자를 받았다. 그리고 이 간식 상자에 들어 있던 곤약 젤리를 먹고 양준우 연습생은 사망한다.

유족의 방송 금지 가처분 신청에 대한 법원의 일부 인용 판결에 따라, 사망 당시 영상은 소리와 색이 제거된 채 모자이크가 입혀져 방송되었다. 시청자가 본 것은 양준우 연습생으로 추정되는 회색 모자이크가 바닥에 쓰러져 펄떡이다가, 꿈틀대다가, 흐느적거리다가, 결국 완전히 움직임을 멈추는 일련의 과정이었다. 많은 사람들이 이 장면에서 살충제를 맞고 죽어가는 애벌레를 떠올리고 당혹스러움을 느꼈다.

실제로는 어땠을까. 국내 농약 중독 치료의 일인자로 평가받는 충북 완서대학병원 정만국 교수는 사건 직후 한 매체 인터뷰에서 양준우 연습생이 마신 그라목손에 대해 이렇게 설명했다.

그라목손은 음독 시 사망률이 아주 높습니다. 죽음에 이르기까지의 과정도 매우 괴롭습니다. 저는 고통에 못 이겨 자기 생살을 제 손으로 파내면서 죽어가는 그라목손 음독 환자들을 많이 보았습니다. 저희 병원은 국내에서 그라목손 음독 환자를 가장 많이 진료하는 병원입니다만, 개원 이후 지금까지 완치되어 자기 발로 나간 환자는 쉰 명이 조금 넘는 정도입니다.

현장에서 연습생들이 보는 화면은 원본이었고 모자이크도 당연히 없었다. 류찬영 연습생이 눈을 질끈 감는 모습이 클로즈업됐다.

"다시 틀어봐. 처음부터."

한율 연습생의 명령에 정서준 연습생이 이를 악물고 마우스를 잡았다.

"다시."

권희종 연습생이 귀를 틀어막고 몸을 웅크렸다.

"다시."

이하성 연습생이 울음을 터트렸다.

"다시."

"그만 좀 해 이제!"

견디다 못한 백세민 연습생이 버럭 소리를 질렀다. 한율 연습생이 아랑곳하지 않고 정서준 연습생에게 어서 재생하라고 턱짓을 했다.

"노아야."

서노아 연습생이 이하성 연습생 뺨에 흘러내린 눈물을 닦아주다가 한율 연습생의 부름에 고개를 들었다.

"근데 너는 왜 저러고 있어?"

동영상에서는 회색 모자이크 덩어리 주변에서 연습생들이 야단법석을 떨고 있는 장면이 나오고 있었다. 너도나도 양준우 연습생 옆에서 발을 동동 구르고 어쩔 줄을 몰라 하며 팔이나 다리를 주무르는 중에 서노아 연습생은 그 소란으로부터 반걸음 정도 떨어진 거리를 유지하고 있었다. 자세히 보지 않으면 모를 미묘한 거리감이어서 이하성 연습생은 처음엔 한율 연습생이 무슨 말을 하는지 이해하지 못했다고 한다.

앞서 언급한 정만국 교수의 인터뷰는 이렇게 이어진다.

그라목손을 마시면 구토를 하게 되는데 이때 은색이나 보라색 토사물이 나옵니다. 이 토사물에 닿는 것도 위험합니다.

그라목손은 피부로도 흡수되어 맹독성을 발휘하기 때문입니다. 정말로 위험한 농약이라서, 오래전에 판매가 금지됐는데도 그전까지 워낙 대중적으로 유통되었던 터라 지금도 일부 유통점에서 구할 수 있다는 것이 비극입니다.

서노아 연습생의 행동은 마치 그라목손 구토물로 인한 2차 피해를 염두에 두고 몸을 사리고 있는 것으로 보였다.

한율 연습생이 물었다.

"노아야. 너 뭔가 알고 있었냐?"

14

사람이랑 비슷하게 생긴 다른 존재 같았어요

서노아 연습생이 차분히 설명했다.

"초등학교 때 잠깐 시골 할머니 댁에서 지낸 적이 있어. 거기서 그라목손을 마신 사람을 본 적이 있었는데, 할머니가 가까이 가지 말라고 했어. 몸에 닿으면 위험하다고. 그때랑 증상이 비슷했고, 무엇보다 냄새가 비슷해서 같은 약인가 했어."

"초등학교 몇 학년?"

"5학년. 열두 살 때."

"7년 전? 그때 일을 냄새까지 기억한다고?"

서노아 연습생이 피곤하다는 듯이 이마를 짚었다.

"내가 냄새에 되게 민감한 편이야. 맞지? 이든이 형?"

제이든 연습생이 고개를 끄덕였다. 서노아 연습생과 제이든 연습생은 '파이오니어'라는 5인조 그룹으로 함께 활동한 경력이 있다.

"이거 경찰에서도 많이 물어봐서 여러 번 설명했는데. 지친다. 율이 네가 나한테 이러는 거 진짜 섭섭하다."

서노아 연습생의 투정 섞인 항의에 한율 연습생이 슬쩍 웃으며 시선을 피했다. 먹이사슬 최상위 포식자가 취하기에는 상당히 방어적인 제스처였다. 이하성 연습생은 인터뷰에서 한율 연습생과 서노아 연습생 관계를 이렇게 정의했다.

"율이 형이 유일하게 함부로 못 대한 사람이 노아 형."

서노아 연습생은 〈디 아이돌〉 시즌 3 세 번의 순위발표식에서 각각 1위, 2위, 1위를 차지했다. 서노아 때문에 긴장감이 떨어진다는 말이 나올 정도로 절대적 우승 후보로 군림하던 연습생이었다. 이러한 인기가 권력 관계에도 영향을 미친 것일까.

"영향이 없지는 않겠죠? 근데 노아 형이랑 라이벌로 경쟁했던 서준이 형도 인기 진짜 많았는데 완전 율이 형 밥이었거든요."

이하성 연습생은 서노아 연습생에게 특유의 '아우라' 같은 것이 있었다고 말했다. 기본적으로 착하고 편한 형이었는데, 때로 혼자 무표정하게 있는 모습을 보면 그렇게 무서울 수가 없었다고.

"무섭다? 섬뜩하다? 소름 돋는다? 아, 뭐라고 해야 하지. 사람이 아닌 느낌? 욕하는 게 아니라요, 무생물 같아 보일 때가 있었어요. 사람이랑 비슷하게 생긴 다른 존재 같았어요."

라임엔터에서 서노아 연습생의 메이크업을 담당했던 이희주 실장은 그에게 어떤 인상을 받았을까.

"확실히 노아에게는 가끔 감정이 없는 것처럼 느껴지는 순간이 있어요. 저는 그게 연예계에서 살아남는 그 친구 나름대로의 방법이라고 생각해요."

이희주 실장은 '스위치를 끄는 순간'이라는 표현을 썼다.

"이 세계에서 연예인은요, 어느 정도는 사람이 아니어야 해요. 사람으로서 느끼고 생각하고 말하는 걸 포기해야만 자신을 지킬 수 있는 순간이 와요. 노아는 전에 데뷔했을 때부터 이런저런 고생을 많이 했으니까."

그룹 자체가 유명하지 않은 탓에 널리 알려지지는 않았지만 서노아 연습생은 활동 당시 스토킹에 시달렸다. 스토커는 숙소에 들어와 속옷을 훔쳐가거나, 주차된 차량 문을 따고 이물질이 들어간 생수를 비치했고 심지어 방송국 화장실에 따라와서는 자해 소동을 벌였다. 소속사에서 신고를 하자 앙심을 품고 대기실을 도청한 음성 파일을 인터넷에 풀었다. 그 안에는 파이오니어 멤버들이 팬 사인회에 온 팬을 험담하는 대화가 담겨 있었다. 서노아 연습생은 '그래?' '정말?' 같은 맞장구만 쳤는데도 그룹에서 그나마 인지도가 있다는 이유로 화살 받이가 되어 혼자 자필 사과문을 써 올렸다. 그러나 '아이돌이 자기 팬을 비방했다'는 구설은 이제 막 팬덤을 형성해나가던 신인 아이돌 그룹에게는 치명타였다. 이희주 실장 설명에는 이런 배경이 숨어 있었다.

"마음의 문을 닫은 거겠죠. 노아랑 지내면서 이 친구에게는 어느 선 이상은 다가갈 수 없겠구나 하는 걸 여러 번 느꼈어요. 예를 들면요. 노아 말버릇이요, 평범한 말인데 어느 순간 그게 벽처럼 들려요. 뭐였지. 저는 괜찮아요 누나, 였나."

"난 괜찮아. 율아."

서노아 연습생이 웃으면서 말했다. 기꺼이 용서해주겠다는 뉘앙스였다. 한율 연습생이 언짢은 듯 한쪽 눈썹을 치켜올렸으나 대구는 없었다. 그렇게 상황이 일단락되는 듯했다. 임의현 연습생이 나서지 않았다면 말이다.

임의현 연습생이 테이블로 나가더니 정서준 연습생에게서 마우스를 뺏어 동영상을 앞으로 돌렸다. 연습생들이 의아한 표정으로 그 모습을 지켜봤다. 임의현 연습생이 재생 바를 멈춘 곳은 간식 상자가 연습실로 들어온 직후였다. 조연출이 장비를 세팅하려고 몸을 돌렸을 때, 서노아 연습생이 빠른 걸음으로 상자에 다가가 카메라에 등을 보이고 쭈그려 앉는 모습이 나왔다. 그리고 거의 바로 다시 일어났다. 2~3초 남짓한 아주 짧은 시간이었다. 임의현 연습생이 두 번 더 같은 장면을 틀었다.

"뭘 말하고 싶은 걸까, 우리 의현이가."

서노아 연습생의 목소리가 처음으로 날카로워졌다.

"뭐 했어요, 저 때?"

"간식 뭐 들어 있나 확인했어."

"왜? PD님이 아직 세팅도 안 했는데 혼자? 카메라에 나오지도 않을 순간에, 심지어 고정 카메라를 등진 채로?"

이 대화에서 임의현 연습생이 한 발언의 맥락을 이해하기 위해서는 〈디 아이돌〉 시즌 3에서 보여준 서노아 연습생 캐릭터에 대한 부연 설명이 필요하다. 한 번 데뷔를 한 이른바 '중고 신인'이라는 점은 오디션 프로그램 출연자에게는 양날의 검이었다. 비록 적긴 하지만 기존 팬이 있다는 점과 '모든 자존심을 버리고 다시 도전한다'는 스토리가 주어진다는 것이 장점. 퍼포먼스에 대한 높은 기대와 이에 따른 트레이너들의 박한 평가, 견제하는 타깃이 된다는 것은 단점. 이런 장단점은 〈디 아이돌〉의 모든 재데뷔 출연자들에게 동일하게 적용됐지만 서노아 연습생은 남다른 센스로 자신의 데뷔 경험을 보다 적극적으로 캐릭터화했다. '어떤 순간에도 카메라가 있는 곳을 찾아낸다' '카메라가 없으면 에너지 절약 모드, 카메라가 비추는 순간 아이돌 모드 ON' '분량 다 내 거'라는, 어쩌면 가식적이거나 미워 보일 수 있는 개성을 재미있게 연출해냈는데, 그 캐릭터는 아직 카메라 앞이 어색한 연습생들 사이에서 군계일학으로 돋보였다. 임의현 연습생은 그런 서노아 연습생이 카메라를 전혀 의식하지 않고, 심지어 시야를 가린 채로 무언가에 열중해 있는 모습을 지적한 것이었다. 서노아 연습생이 무의식중에 찡그린 미간을 검지로 눌러 펴면서 말했다.

"의현아. 내가 뭐 속상하게 한 거 있어?"

"나는 형한테 감정이 상했단 얘기를 하는 게 아니라 정확한 사실 관계에 대해 물어보고 있는 거예요."

"그래?"

서노아 연습생이 직접 노트북에 다가가 동영상의 해당 장면을 재생했다.

"내가 상자 앞에 앉아 있는 시간이 몇 초나 될까? 3초? 의현아. 혹시 이런 말을 하고 싶은 건 아니지? 내가 저 3초 사이에 주사기를 꺼내고 준우의 간식 상자에서 곤약 젤리를 집어 포장재 접합 부위에 티 나지 않게 정확히 바늘을 꽂아서 그라목손을 넣고 주사기는 다시 숨겼다?"

"주삿바늘이 포장재 접합 부위를 통해 들어간 건 어떻게 알고 있어요?"

"그 정도는 상식이지. 설마 아무 데나 찔렀을까?"

"10분 남았어."

날 선 대화를 끊은 것은 한율 연습생이었다.

"이제 결정해야 해."

양준우 연습생이 사망한 날, 경찰은 사건 발생 장소이자 〈디 아이돌〉 시즌 3 촬영지인 퇴계원 ㅈ연수원 쓰레기 소각장에서 주사기를 발견했다. 주사기에는 두 가지 결정적인 증거가 남아 있었는데 첫째는 그라목손 성분이었고 둘째는 미세 섬유 조직 이었다. 이 미세 섬유 조직이 당시 합숙 중인 연습생들에게만 제 공되었던 트레이닝복 소재와 일치함이 밝혀지자 ㅈ연수원에 체 류하고 있던 열 명의 연습생들이 모두 용의선상에 올랐다.

사건의 전모를 좀 더 정확히 파악하기 위해 이하성 연습생에 게 ㅈ연수원 구조를 물었다.

"건물은 총 여섯 개? 일곱 개? 정도 있었는데 저희는 주로 네 곳을 썼어요. 기숙사랑 식당, 연습실 건물, 그리고 대강당. 촬영 은 연습실 건물에서 제일 많이 했고요. 대강당은 순위발표식이 나 체육대회 할 때. 다 모일 때 썼어요."

사건은 이하성 연습생이 언급한 연습실 건물, 즉 C동 2층에 서 발생했다. 연습생과 스태프 들이 증언한 대로 모든 연습실에 는 스물네 시간 카메라가 돌아가고 있었다. C동에서 카메라의 눈이 닿지 않는 장소는 화장실, 소품과 장비를 보관하는 1층 대회의실과 그에 연결된 복도뿐이었다. 간식 상자는 그 1층 대회의실에 보관되었다가 조연출에 의해 연습실로 옮겨졌다.

3화에서 주어진 두 시간이 끝나고 연습생들이 투표를 하기 위해 모인 곳이 이 C동 1층 대회의실이었다. 살해 도구인 간식 상자가 보관되었던 그곳. 장인혜 PD는 특별한 의도는 없었다고 했다. 원래 촬영을 하려고 한 대강당에서 전기 공사가 있어 세트를 옮긴 것뿐이라고. 하지만 유난히 의미심장한 분위기가 감도는 것은 어쩔 수 없었다.

강혜성이 금빛 자수가 놓인 구찌 슈트를 입고 나타나 MC석에 섰다.

"두 시간 동안 치열하게 고민했나요? 그 고민의 결과, 지금 공개해주시죠."

류찬영 연습생이 대표로 마이크를 잡고 일어났다. 목을 가다듬으며 마음의 준비를 하는 동안 카메라가 한율 연습생을 잡았다. 그가 이 집단을 쥐락펴락하는 실질적인 지배자라는 점을 상기하는 연출이었다. 하지만 정작 화면에 잡힌 한율 연습생은 늙은 호랑이처럼 지치고 피곤해 보였다.

"저희의 선택은…… 라임엔터테인먼트 서노아 연습생입니다."

서노아 연습생이 굳은 표정으로 앞에 나왔다. 투표 결과 1등으로 뽑힌 연습생의 권한으로, 함께 거짓말 탐지기 앞에 설 용의자 연습생을 고를 차례였다.

　"저는."

　카메라가 임의현 연습생을 바스트숏으로 잡았다. 방금 전 둘 사이에 있었던 신경전을 염두에 둔 카메라 워크였다. 임의현 연습생의 목울대가 크게 움직였다. 얼굴에 긴장한 기색이 역력했다.

　"백세민 연습생을 지목하겠습니다."

　무죄를 증명하고 싶다며 자기를 뽑아달라고 했던 그 백세민 연습생이었다. 합리적이고 뒤탈 없는 선택에 곳곳에서 안도의 한숨이 들려왔다. 두 연습생이 거짓말 탐지기 센서를 부착하고 자리에 앉았다.

　먼저 서노아 연습생이 백세민 연습생에게 질문을 했다. 이름과 성별을 묻는 두 개의 비교군 질문을 통과하고, 세 번째 질문인 '당신이 양준우를 죽였습니까'에 대한 백세민 연습생의 답은 '아니오'였다. 거짓말 탐지기 결과는 '진실'이 떴다. 이제 서노아 연습생이 대답할 차례가 왔다.

15

언제나 지켜보는 눈이 있단 걸 명심해야 한다

요즘 최고의 화제를 모으고 있는 범죄 서바이벌 프로그램에서 폭행 사건 발생. A군이 자기를 범인으로 의심한 B군의 뺨을 때림. A군 평소 러블리한 이미지와 달리 때릴 때 엄청 무서워서 스태프들도 말리지 못했다고 함. PD가 그 장면 그대로 방송하려고 했는데 소속사가 돈으로 막음.

- 범죄 서바이벌 프로그램＝디 아이돌 소년 단죄
- A군＝서노아
- B군＝임의현

3화 방영 직후 모바일 메신저를 중심으로 유포된 지라시의 진위를 조연출인 유호성 PD에게 물었다. 그가 난처한 듯 한참 뜸을 들였다.

"분명 방송에서는 거기까지만 나오긴 했죠. 양준우를 죽였냐는 마지막 질문에 서노아가 아니라고 대답하고, 스크린에 '진실'이 뜨고, 강혜성 씨가 다음 화에서 보자며 마무리 멘트를 하고."

제작진도 그 뒤로 이어진 서노아 연습생의 돌발 행동에 많이 놀랐다고 한다.

"전혀 그런 캐릭터가 아니었으니까요."

유호성 PD는 스태프들에게 소품 정리 지시를 하느라 직접 그 순간을 보지는 못했다고 한다. 다만 '짝' 하는 소리가 난 뒤 장내가 갑자기 조용해져서 뒤를 돌아봤고, 그 자리에 아직 손을 올리고 있는 서노아 연습생과 한쪽 뺨이 붉어진 채로 얼굴이 돌아간 임의현 연습생이 서 있었다.

"남자들 사이에서 주먹질을 하면 했지 뺨을 때린다는 게, 뭐랄까 당하는 쪽에서는 진짜 기분 나쁘거든요. 근데 노아가 그냥 기로 눌러버리더라고요."

유호성 PD는 순간 다급히 현장을 둘러봤다. 4번 카메라에 아직 불이 들어와 있었다.

"됐다. 이번 회차도 대박이다."

하지만 이 장면은 방송되지 않았다. 장인혜 PD 지시였다고 한다.

"솔직히 뒷말 많이 돌았죠. 라임엔터한테 무슨 한정판 에르메스 백을 받았다 어쨌다. 어디 선배님이 그런 절호의 장면을 놓칠 사람인가요. 누가 봐도 좀."

이 말을 전하자 장인혜 PD는 어이없다는 듯이 웃었다.

"호성이가 그래요?"

그리고 힐끗 옆을 쳐다봤다.

"에르메스요?"

장인혜 PD의 시선이 닿은 곳에는 그가 가져온 검은색 라코스테 쇼퍼백이 놓여 있었다.

"도의적이고 현실적인 판단을 했을 뿐이에요. 그 장면이 방송되면 노아만 욕을 먹을까요? 의현이도 손해예요. 아이돌이라는 이름의 어원이 뭔가요. 우상이잖아요. 저 높은 곳에서 고고하고 아름답게 빛나야 할 아이돌이 지질하게 뺨이나 맞고 다닌다, 그건 진짜 마이너스죠."

장인혜 PD는 본인의 결정이 다름 아닌 임의현 연습생 이미지를 위한 선택이었음을 거듭 강조했다. 이를 위해 눈물을 머금고 화제성을 포기했다는 말도 덧붙였다. 장인혜 PD는 말하면서 제스처나 손동작이 많은 편은 아니었지만 이따금 흘러내린 머리를 귀 뒤로 넘기는 버릇이 있었다. 그때마다 손목에서 예거 르쿨트르 시계가 반짝였다.

2주 결방의 영향인지 〈디 아이돌 특별 편:소년 단죄〉 3화 시청률은 2화 대비 하락한 14.3퍼센트를 기록했다(전국 기준). 이지혜 평론가 말대로, 다소 정적인 스토리텔링으로 인해 화제성은 상대적으로 약했지만 기존에 〈디 아이돌〉 시즌 3을 통해 연습생들을 눈에 익힌 시청자들에게는 소위 '레전드'로 칭송받았다. 작은 세트장에 갇혀 아름다운 소년들이 신경전을 벌이고 서로를 모함하고 알력을 행사하는 모습은 미묘한 가학심을 자극하며 보는 이들에게 차마 드러내고 표현하긴 어려운 즐거움을 안겼다.

연습생들 사이의 갈등은 팬덤에게도 영향을 미쳤다. 대책위원회는 와해됐다. 한율 연습생에게 정강이를 얻어맞은 정서준 연습생 팬들과 역시 한율 연습생에게 '룰 앵무새'라고 욕설 섞인 비아냥을 들은 백세민 연습생의 팬들은 '인성이 덜된 연습생을 좋아하는 사람의 인성도 보나 마나'라는 말을 남기고 먼저 대책위원회를 탈퇴했고, 지라시로 인해 서노아 연습생 팬과 임의현 연습생 팬의 사이도 급격히 냉각됐다. 응집력을 잃은 팬덤은 영향력도 잃었다. 모두가 각자도생이었고 어느 팬덤도 유의미한 방향성을 제시하지 못했다.

그러던 중 글로벌 동영상 스트리밍 사이트에 1~3화가 서비스되기 시작했다. 〈Beautiful Suspects〉, 아름다운 용의자들이라는 영문 제목은 스트리밍 사이트 측에서 직접 제안했다고 한다. 해당 사이트가 데이터를 공개하지 않아 정확한 수치는 파악할 수 없지만, 스트리밍 콘텐츠 시청 순위를 분석하는 사이트에 따르면 〈디 아이돌 특별 편:소년 단죄〉는 미국, 일본, 인도를 포함한 12개국에서 1위를 차지했으며 종합 순위에서 5주간 TOP 5, 33주간 TOP 10에 머무는 기염을 토했다. 영어권 사용자들이 많은 커뮤니티 사이트에 '너희 아름다운 용의자들 봤냐'라는 제목으로 올라온 게시글에는 댓글 4천 2백 개가 달리면서 한국 예능 프로그램 관련 게시글 중 압도적으로 높은 추천 수와 조회수를 기록했다. 이즈음 미국에서 데뷔 앨범을 발매한 한 한국 가수에게 현지 기자가 '너희 나라에서 제작한 〈아름다운 용의자들〉을 봤냐, 봤다면 어떻게 생각하느냐'는 질문을 던진 일화는 유명하다. 질문을 받은 가수는 '무슨 프로그램인지 잘 모른다. 몇 달 동안 앨범과 컴백 준비에 매진하느라 정신이 없었다. 그만큼 공을 들인 앨범'이라고 능숙하게 대답했다. 팬들은 '기레기는 어디에나 있다'며 혀를 찼다.

한국 기자들은 당사자인 용의자 연습생을 인터뷰하기 위해 혈안이 되어 있었다. 모 연예 전문 매체가 서울시에서 활동 중인 연예인 사생활 추격 택시, 일명 '사생 택시' 네트워크와 제휴하여 열 명의 연습생들에게 기자 스물다섯 명을 붙인 사실은 업계에서 일찌감치 회자되고 있었다. 그러나 들인 노력이 무색하게도, 해당 매체에서 송출한 관련 기사는 '류찬영 연습생이 팬들이 내건 자신의 지하철 광고를 보러 마스크를 쓰고 삼성역에 갔다' '제이든 연습생이 미국에서 귀국한 부모님과 만났다' 정도가 고작이었다. 유호성 PD는 계약서에 포함된 내용이었다고 말했다. 프로그램이 끝날 때까지 외부 언론과의 모든 접촉을 금지한다는 조항에는 상당한 위약금이 걸려 있었다.

모두가 용의자 연습생의 한마디를 따기 위해 총력을 기울이고 있을 때 민첩하게 우회 경로를 택한 매체가 있었다. ㅋ매거진은 미국에 본사를 둔 패션 매거진이다. 부록을 제공하지 않는 국내의 몇 안 되는 잡지로, 패션 관계자들 사이에서는 독보적인 위상을 차지하고 있다. 그 위상과는 별개로 근래 판매 부수는 바닥을 치고 있었는데 종이책 구독자 감소에 따른 자연스러운 현상이었다.

ㅋ매거진의 김소예 에디터는 세 달 전 편집장이 육아휴직을 떠난 뒤 편집장 대행 업무를 시작했다. 편집장에게는 미안하지만 그에게는 다시 없을 중요한 기회였다. '편집장 대행'에서 '대행' 글자를 떼어버리기 위해 김소예 에디터는 의욕적으로 잡지 수익 구조에 손을 대기 시작했다. 콘텐츠 시의성을 높여 포털 사이트 노출을 확대하고 지금보다 온라인 광고 수익을 20퍼센트

이상 상승시키는 것을 단기 목표로 잡았다. 이를 위해 초반 노이즈 마케팅도 불사한다는 전략이었다. 지난달에는 화장품 사업을 위해 인기 정상 걸그룹을 탈퇴한 모 여성 연예인의 독점 인터뷰를 게재해 두둑한 욕과 조회 수를 함께 얻었다. 이번 달 화제는 앞구르기를 백번 하면서 봐도 〈디 아이돌 특별 편:소년 단죄〉였다. 장고와 인내 끝에 김소예 에디터가 직접 움직여 강혜성과의 인터뷰를 성사시켰다. 의상은 3화 마지막 등장 때 슈트를 협찬한 구찌 F/W콜렉션으로 확정됐다.

촬영 당일 강혜성은 컨디션이 좋지 않았다. 독한 향수 냄새에 섞인 쿰쿰한 술 냄새를 풍겼다. 오래전 강혜성을 촬영한 적이 있다던 하우스 포토그래퍼는 고개를 설설 내저었다. 모니터링을 몇 장 하더니 에디터에게 속삭였다. "얘 피부가 완전 답이 없는데. 이거 흑백으로 가면 어때요?" "그게, 색감이 중요한데 어쩌죠. 아시잖아요. 이번 시즌 구찌 스타일." "그럼 후보정 시간 좀 확보해줄 거죠?" 강혜성은 틈만 나면 대기실로 들어가 모습을 보이지 않았다. 매니저가 스태프들의 취향대로 커피를 사다 나르며 허리를 숙였다.

강혜성은 인터뷰 때도 좀처럼 〈디 아이돌 특별 편:소년 단죄〉를 언급하려 들지 않았다. 대신 본인 사업 소개에 여념이 없었다. 강혜성은 강남에 대형 클럽 두 곳을 운영하고 있었고 마라탕 체

인점을 최근 론칭했다. 에디터가 진땀을 빼며 겨우 완성한 원고는 3화 방영 직후 잡지 출간과 동시에 온라인에 공개되었다. 다음은 그 인터뷰 일부다.

　– 〈디 아이돌〉 시즌 3에 이어서 특별 편에서도 MC로 활약 중이다. 연이어 출연을 결심하게 된 이유가 있는가.
　시즌 2 MC였던 덴 형이 나를 추천했다고 알고 있다. 특별 편까지 출연을 결심한 것은 준우에 대한 일종의 책임감이랄까. 너무나 안타까운 사건이기 때문에 연예계 선배로서 끝까지 지켜보면서 도움을 주고 싶었다.

　– 현장 분위기는 어떤가.
　솔직히 말하면 좋지 않다. 좋을 수가 없다. 프로그램 기획 자체가 워낙 심각하지 않는가. 다만 나는 그런 분위기에 너무 휩쓸리지 않으려고 노력한다. 장인혜 PD님이 MC로서 나에게 요구한 것은 딱 두 가지였다. 공정함과 평정심.

　– 그래도 연습생들에게 마음이 쓰일 수밖에 없을 것 같다.
　당연하다. 나도 연습생 신분이었다가 서바이벌 프로그램을 통해 데뷔를 했기 때문에 이 친구들이 어떤 과정을 거쳐

왔는지 너무나 잘 알고 있다. 더구나 함께 노력해온 동료가 그런 사고를 당하고 본인들은 용의자가 된 상황이니 마음이 어떻겠는가. 힘들어하는 연습생들을 보면서 매번 MC로서 감정을 컨트롤하는 것이 쉽지가 않다.

– 잠시 화제를 바꿔서, 매화 슈트 핏이 화제가 되고 있다. 슈트를 원래 좋아하는가?

어릴 때는 불편하다고만 생각했는데 최근에는 슈트의 매력에 빠졌다. 절제된 선으로 남성미를 드러낼 수 있다는 점이 좋다. 요즘에는 사업 때문에 슈트를 입는 자리가 많아서 늘 신경 쓰고 있다. 얼마 전에는 내가 운영하는 체인점 '잇츠 마라로드' 우수 가맹점주 행사가 있어서 스스로 슈트 코디를 하고 참석하기도 했다.

– 슈트를 멋지게 소화하는 강혜성만의 팁이 있다면?

기본적으로 슈트는 눈속임이 어려운 옷이다. 일단 몸을 탄탄하게 만드는 게 먼저다. 나는 패션의 완성은 얼굴이라는 말에 반대한다. 패션의 완성은 몸이다. 그런 의미에서 다음 사업 아이템으로 프리미엄 퍼스널 트레이닝 서비스를 기획하고 있다. (중략)

- 마지막으로 연습생들에게 하고 싶은 말이 있다면.

힘들겠지만, 언제나 지켜보는 눈이 있다는 걸 명심해야 한다. 연예인은 그런 직업이다.

잡지는 A형과 B형 두 가지 표지로 발행됐다. B형 표지가 압도적으로 인기가 많았는데, 셔츠 소매를 걷어올린 강혜성이 팔뚝에 또렷한 핏줄을 드러낸 채 자신만만하게 웃고 있는 버전이었다. 발간 당일 그의 팬들은 '#핏줄미남_강혜성'이라는 해시태그를 한국 트위터 실시간 트렌드 1위에 올렸다.

16

타오르는 수레에는 브레이크가 없다

〈디 아이돌 특별 편:소년 단죄〉 연출부와 작가진이 한자리에 모였다. 3화 시청률 하락에 대해 광고주 프로미스가 클레임을 걸었기 때문이었다. 4화 촬영이 이틀 앞으로 다가온 시점이었다.

"초 치기는 드라마에만 있는 줄 알았는데, 제가 예능을 그렇게 찍을 줄이야."

유호성 PD가 헛헛하게 웃으면서 당시를 회상했다.

"저는 충분하다고 말했어요. 3화가 좀 심심하긴 했는데 캐릭터성을 잘 쌓아놨으니까, 4화에서 확 터트리면 된다고."

장인혜 PD가 계속 내키지 않아 했다고 한다. 뭔가가 부족하다며 볼펜 끝을 잘근잘근 씹었다. 그때 간식 심부름을 왔다가 그대로 눌러앉은 FD가 아이디어 하나를 던졌다. 유호성 PD가 듣기에는 어처구니없는 의견이었다.

"무식하면 용감하다고. 방송을 아직 모르는 애라서 할 수 있는 말이었죠."

하지만 장인혜 PD 생각은 달랐다. 아이디어를 듣자마자 눈을 빛내더니 도재선 CP를 만나고 오겠다며 일어났다. 반응은 어땠을까?

"너 지금 몇 시간째 깨어 있니, 하고 물으시더라고요."

장인혜 PD가 모처럼 경쾌한 어조로 말했다. 즐거운 추억을 떠올리는 듯한 표정이었다.

"스물일곱 시간이요, 라고 대답했어요."

이후 경과는 장인혜 PD도 정확히 알지는 못한다. 다만 반나절 후, 회의실 바닥에서 엠보싱 매트를 깔고 쪽잠을 자던 도중에 도재선 CP에게 전화가 걸려와 모든 것이 원활하게 협의되었다는 말을 들었을 뿐이었다.

도재선 CP는 〈디 아이돌 특별 편:소년 단죄〉 이후 TMB를 떠나 US미디어 뉴콘텐츠본부장으로 이직한 뒤 해당 회사마저 퇴사하여 현재는 거취가 묘연하다. 지인들에게는 가족을 데리고 쿠바로 떠나겠다는 말을 남겼다고 한다. 당사자와 직접 소통이 불가능한 상황에서 4화 제작을 위해 TMB에서 벌어졌던 내부 거래의 구체적인 양상을 파악하기 위해 우리미래당 조여선 의원을 찾았다. 조여선 의원은 작년 경찰청 국정감사에서 TMB와

경찰의 유착 관계에 대해 집중 질의한 바 있다.

"소년 단죄 사건을 취재하신다고요. 그럼 저를 제일 먼저 찾아오셨어야죠. 기자님 발이 많이 느리시네."

조여선 의원은 인터뷰 요청을 일곱 번 거절했다. 초반 두 번은 무응답, 그 이후로는 말레이시아 쿠알라룸푸르 출장, 지역구 전통문화 축제 참석, 의원 총회 준비를 위한 사전 미팅, 개인 사정 그리고 다시 개인 사정이 이유였다. 여덟 번째 요청은 〈디 아이돌 특별 편:소년 단죄〉 2화에서 연습생들의 핸드폰 지문 복제에 3D 프린팅 기술을 협찬한 재한E&C 박재한 사장을 통해 성사될 수 있었다.

"박 사장님은 잘 계시죠?"

한동안 박재한 사장과의 인연을 털어놓던 조여선 의원이 전화를 받고 사무실 밖으로 나갔다. 김준수 비서관이 다가와 자리를 새로 안내했다.

"저한테 듣는 편이 나으실 거예요. 벌써 오래전 일이라 의원님은 아마 잘…… 워낙 업무가 많으시니까."

별다른 스몰 토크도 없이 김준수 비서관은 본론으로 들어갔다.

"TM그룹 이민규 회장과 박서형 전 경찰청장의 유착은 워낙 크게 이슈가 됐으니 잘 아실 겁니다. TM그룹 계열사인 TM미디어, 즉 TMB 방송에는 이민규 회장의 동생인 이사윤 대표가 있고요."

김준수 비서가 핸드폰을 만지작거렸다. 메모해둔 내용을 확인하려는 것 같았다.

"그때 이사윤 대표가 TMB를 통해서 K-POP 콘텐츠 관련 인공지능 스피커 사업을 하려고 중국 제조사랑 업무 협약까지 마쳤는데, 소년 단죄 4화 이후로 전면 백지화 됐어요. 그리고 6개월 후에 TM텔레콤 측에서 콘셉트가 완전히 같은 스피커를 TM전자와 협업해서 출시했죠."

인공지능 스피커와 경찰청장 유착 사건이 어떤 관계가 있느냐고 묻자 김준수 비서관은 노골적으로 귀찮아하며 한숨을 쉬었다.

"그러니까, 소년 단죄 4화 제작을 위해 경찰 협조가 필요한 상황이었고, 그래서 이사윤 대표가 오빠인 이민규 회장에게 연락을 했고, 이민규 회장은 자기가 경찰청장에게 부탁을 해볼 테니 그 대가로 이사윤 대표에게 K-POP 인공지능 스피커 사업을 본인 라인인 TM텔레콤과 TM전자 쪽으로 넘기라고 했다, 대충 이런 스토리입니다."

김준수 비서관은 인터뷰 내용이 정리되면 공개 전에 반드시 사전 확인을 할 수 있도록 보내달라고 몇 번이나 강조했다. 이후 원고가 완성되어 텍스트 파일을 보냈는데 오래도록 답장이 없어 재차 문의를 해보니, 현재 다른 의원 사무실에서 비서관으로 일하고 있으며 조여선 의원 인터뷰는 그쪽에 다시 물어보라는 정중한 답장이 돌아왔다.

여기까지가 〈디 아이돌 특별 편:소년 단죄〉 4화 출연 장소로 구 남양주중앙경찰서가 섭외된 경과다.

퇴근을 하며 최은주(가명, 35세)는 데스크 아래에 놓아둔 택배 상자를 챙겼다. 옆구리에 상자를 끼고 강의실에 들어갔더니 기초반부터 함께 수업을 들으면서 친해진 원재령(가명, 31세)이 인사를 건넸다.

"웬 택배예요?"

"회사로 와서 가져왔어요. 칼럼 실었더니 한 권 보내주네요. ㅋ매거진이요."

최은주는 생활용품 제조회사 경영지원팀에서 근무하는 회사원이자 에세이스트이자 소설가였다. 독립출판으로 에세이집 두 권과 소설집을 한 권 냈으며 첫 번째 에세이집은 상업출판사를 통해 재출간되기도 했다. 이번 ㅋ매거진에서 들어온 원고 청탁은 그의 두 번째 책인 본격 아이돌 덕질 에세이 《덕질의 즐거움을 모르는 당신이 불쌍해》를 통해 얻은 일감이었다. 〈디 아이돌 특별 편:소년 단죄〉 이슈를 전지적 덕후 시점으로 풀어달라는 요청이었다. 해당 프로그램에 누구보다도 과몰입하여 시청 하던 최은주는 흔쾌히 청탁을 받아들였다. 출연 중인 열 명의 연습생 가운데 덕질하는 멤버가 없다는 점도 오히려 거리감을 유지할 수 있어 장점일 것 같았다.

윤리적 잣대를 휘두르며 고고한 척 꾸중하는 논평들은 이미 차고 넘쳤다. 최은주는 논조를 차별화하기 위해 이 프로그램이 인간을 다루는 방식을 조명하기로 했다. 대중문화에서 '아이돌'이 어떻게 소비되어왔는지를 가볍게 훑고, 후기자본주의의 정점에서 미디어가 아이돌이라는 재화를 다루는 내러티브 구조에 대해 다루고, 이것이 현대사회를 사는 시청자들에게 어떤 카타르시스를 안기는지 분석한 뒤, 아이돌뿐만 아니라 인간 모두가 재화로서 평가받고 거래되는 시대의 초상을 짚어 궁극적으로는 인공지능으로 촉발될 기계 시대에 인간의 존재 의의를 고민해야 한다는 메시지를 던졌다. 편집부에게 보냈더니 수정 의견이 원고보다 더 길게 왔다. 세 번 까이고 간신히 마감을 쳤다.

"다시는 패션지 청탁은 안 받으려고요. 아니 무슨 단어만 쓰면 다 어렵대. 자기들은 더 어려운 말 쓰면서. 브레이슬릿이 뭔지 알아요? 팔찌래요. 네크리스는요? 목걸이."

최은주가 투털거리며 박스 테이프를 뜯었다. 에어캡 포장지 밑으로 강혜성이 팔뚝을 자랑스레 들이대고 있는 표지가 드러났다. 옆에서 원재령이 빤히 보고만 있기에 최은주가 직접 자기 칼럼이 실린 페이지를 찾아 보여줬다.

"그나저나 이 사건도 몇 년 뒤에 드라마나 영화로 나올 것 같지 않아요? 내가 지금부터 쓸까?"

최은주가 유명 배우 이름을 들며 상상의 나래를 펼쳤다. 장인혜 PD 역할로는 최근 드라마에서 냉정한 승부사로 강한 인상을 남긴 오승은 배우, 한율 연습생 역할은 강아지상이지만 무표정일 땐 서늘한 매력을 주는 강지후 배우, 서노아 연습생 역할은 현직 아이돌이자 얼마 전 종영한 주말 드라마에서 누나 셋을 둔 막내 아들을 연기한 박동현 배우가 낙점되었다.

최은주가 가상 캐스팅에 열을 올리고 있는 이곳은 서울 마포구에 위치한 드라마 아카데미. 목요일 저녁인 오늘은 정식 수업은 아니고 작은 워크숍이 있는 날이었다. 드라마 작가 기초반과 심화반을 모두 이수한 수강생들이 한 달에 한 번 만나 서로의 작품을 합평하는 시간이었다.

최은주가 연습생 역할을 할 배우들을 한 명 한 명 손가락으로 꼽고 있는데, 여태 조용히 듣고만 있던 원재령이 갑자기 핸드폰을 들고 밖으로 나갔다. 모르는 새에 책상 위에는 최은주가 쓴 칼럼 대신 화보 페이지가 펼쳐져 있었다. 강혜성이 화려한 자수가 놓인 구찌 슈트를 입고 고풍스러운 가죽 의자에 비스듬히 누워 있는 모습이었다. 그 옆에 수록된 인터뷰의 헤드 카피는 '언제나 지켜보는 눈이 있다는 걸 명심해야 한다'였다. 구리네. 에디터의 센스가 의심스럽다고 최은주는 생각했다.

합평 시간이 임박하도록 원재령은 들어오지 않았다. 빨리 와야 할 텐데, 최은주가 원재령의 커다란 가방에 힐끗 눈길을 던졌다. 묵직한 부피감을 자랑하는 가방 안에는 아마 원고 한 뭉텅이가 들어 있을 것이었다. 원재령은 합평 때마다 대량의 원고를 가져오는 것으로 유명했다. 매주 써오는 양이 엄청났기 때문에 첫 순서로 그의 원고부터 일단 빨리 검토하는 것이 식순처럼 굳어 있었다. 원재령은 프리랜서 방송 작가로 일했는데 주로 예능에 투입됐다고 한다. 본인 말로는 그 과정에서 예능의 꽃은 PD고 드라마의 꽃은 작가라는 것을 깨달았다고 했다. 커리어를 바꾸고자 아카데미에 입소한 케이스였다.

"대박. 이거 봤어요?"

지각을 간신히 면한 수강생 한 명이 야단스럽게 들어오며 최은주에게 핸드폰을 내밀었다.

"허얼."

수강생들이 모여들었다.

"진짜야?"

"완전 막장이네."

소년 단죄 안민영 연습생 중태······ 양준우 사건 추가 피해자
발생?

포털 사이트 메인에 속보를 달고 올라온 기사의 제목이었다.
'안민영' '소년 단죄' '양준우'가 가파르게 실시간 검색어 순위에
올라오고 있었다.

최은주는 자신이 쓴 잡지 칼럼 떠올렸다. 〈디 아이돌 특별 편:
소년 단죄〉 속 서사 구조를 그리스 비극에 빗대어 설명하는 내
용이었다. 마지막 단락은 다음과 같았다.

이 비극의 종착지는 어디인가? 변영주 감독이 영화로 제작
하기도 했던, 미야베 미유키의 소설 《화차》에서 타이틀인
'화차'는 악행을 저지른 망자를 싣고 지옥을 향해 달리는 불
수레를 뜻한다. 우리는 지금 한 불 수레가 예능이라는 외피
를 쓴 채 열 명의 연습생을 싣고 질주하는 모습을 보고 있다.
이 타오르는 수레에는 브레이크가 없다. 모든 것이 재가 되
어야만 끝날, 예견된 파국이다.

원재령은 아직도 들어올 기미가 없었다.

17

혓바닥을 팔꿈치에 댈 수 있어요?

소형 버스에 연습생들이 올라탔다. 약속이라도 한 듯 모두가 말이 없었다. 화면에는 연습생 한 명 한 명의 얼굴이 스쳐 지나 갔다. 뻗친 머리를 모자로 누르고, 입술 각질이 일어나고, 마스 크로 수염 자국을 가린 민낯들이었다. 연습생들은 어제 오전 촬 영장에 입소한 뒤 목적을 알 수 없는 심리 테스트를 받고, 가족 들에게 보내는 편지를 쓰면서 기절할 정도로 울고, 연습생들끼 리 팀을 나눠 미션 수행을 하는 영상을 찍은 후, 기진맥진해서 잠들었다가 아침에 일어나 현재 남양주중앙경찰서로 향하고 있 었다.

남양주중앙경찰서는 〈디 아이돌〉 시즌 1부터 촬영지로 사용 되었던 퇴계원 ㅈ연수원의 관할서로 양준우 사건 수사팀이 꾸 려진 곳이기도 하다. 연습생들도 여러 차례 조사를 받으러 왔던 곳이었다. 버스가 주차장에 도착하자 형사가 연습생들을 작은 회의실로 안내했다. 대기하고 있으라는 지시가 내려졌다.

경찰서는 오늘따라 조용했다. 복도를 오가는 발걸음이나 전화 통화를 하는 목소리도 드문드문했다. 이 때문에 정서준 연습생이 다리를 떨면서 의자 다리를 치는 소리가 유달리 크게 들렸다. 한율 연습생이 버럭 짜증을 내고서야 정서준 연습생은 무릎을 모았다.

K&M 안민영 연습생이 오늘 새벽 합숙소에서 의식불명 상태로 병원에 실려 갔다는 소식은 모두에게 커다란 충격이었다. 같은 K&M 소속인 정서준 연습생은 특히 더 불안감을 감추지 못하고 있었다. 다리를 떨 수 없게 되자 손톱을 물어뜯기 시작했다. 그들은 지금 참고인 신분으로 이 자리에 와 있었다. 언제, 누가 용의자로 바뀔지 아무도 알 수 없었다.

형사가 들어와 첫 순서로 권희종 연습생을 불러냈다. 자포자기와 두려움이 섞인 눈빛으로 권희종 연습생이 자리에서 일어났다. 못내 불안한 듯 목을 빼고 쳐다보는 연습생들을 뒤로하고, 무서울 정도로 조용한 복도를 걸어 두 사람이 도착한 곳은 진술실이었다. 권희종 연습생이 들어가기를 주저하자 안내하던 형사가 등을 가볍게 밀었다.

진술실 안에는 머리를 바짝 깎은 거구의 남자가 앉아 있었다.

남자는 자신을 형사2팀 김종열 형사라고 소개했다. 권희종 연습생이 울먹이며 말했다.

"저는 아무 짓도 안 했어요."

"권희종 씨 맞습니까?"

"네. 어제 피곤해서 그냥 일찍 잤어요. 한 번도 안 깨고 쭉이요. CCTV 보시면 아실 거예요. 자느라고 무슨 일이 일어났는지도 몰라요. 화장실도 안 갔어요."

"권희종 씨. 특기가 운동이네요."

"네? 저요? 제 특기요? 구기 종목만 잘해요. 축구, 농구, 야구요. 격투기나 싸우는 거는 못해요. 진짜예요."

"그럼 팔굽혀펴기 한번 해보세요."

권희종 연습생의 당황한 얼굴이 클로즈업됐다.

"여기서요?"

왁자한 웃음소리가 터져 나왔다. 이곳은 같은 층에 위치한 상황실. 코미디언들이 모니터에 비치는 권희종 연습생의 멍청한 표정에 책상을 두드리며 웃고 있었다. 그 옆에는 체구가 작은 남자가 한 명 앉아 있었는데 예능인들의 리액션을 관찰하며 어떤 표정을 지어야 할지 간을 보고 있는 눈치였다. 앞에는 '정신건강의학과 전문의 오영수'라는 명패가 놓여 있었다.

예능인 중 한 명이 마이크에 입을 대고 말했다. "열 셀 때까지 팔굽혀펴기 안 하면 유치장에 넣어버린다고 하세요."

장인혜 PD는 '하늘이 도왔다'라고 표현했다.

"프로그램이 잘되려면 그렇게 아귀가 딱딱 맞는 경우가 있어요."

신도시 건설로 인구가 급증하자 경기북부경찰청은 남양주를 두 곳으로 나눠 관할하기로 했다. 이 결정에 따라 남양주북부경찰서와 남양주남부경찰서가 신설되고 오래된 기존 남양주중앙경찰서 건물은 폐쇄 결정이 내려졌다. TM건설이 시공사로 참여하여 두 달 전 남양주남부경찰서가 완공되었고 2주 전에는 남양주북부경찰서가 완공되어 지난주에 관할 인원이 모두 이사를 마쳤다. 그 결과 구 남양주중앙경찰서, 불과 일주일 전까지 실제 경찰들이 일하던 따끈따끈한 빈 건물이 〈디 아이돌 특별편: 소년 단죄〉 4화 무대로 등장하게 된 것이다.

초기에 기획된 4화는 정신건강의학과 의사들을 불러 모아 연습생들의 말과 행동을 정신병리학 관점에서 분석하여 범죄 위험도가 가장 높은 용의자를 선발하는 것이었다. 적당히 논쟁적이고 적당히 자극적인 기획이었으나 장인혜 PD가 봤을 때 하락한 시청률을 반등시킬 만한 한 방은 부족했다. 이때 FD가 진짜 경찰을 출연시켜 제대로 된 깜짝 카메라를 찍으면 어떻겠냐는 아이디어를 냈다. 진짜 경찰을 출연시키는 데에는 실패했지만 진짜 경찰서로 사용됐던, 더구나 양준우 사건 관할서였던 건물을 통째로 빌리게 되었고 언론사 한 곳과 거래하여 안민영 연습생이 중태에 빠졌다는 가짜 뉴스도 뿌렸다.

"민영이가 복병이었죠. 걔가 진짜 고집이 세더라고요. 알았으면 처음부터 서준이로 했지."

타깃은 TMB 자회사인 K&M 소속 안민영 연습생, 정서준 연습생 둘 중 하나였다. 안민영 연습생을 택한 이유는 첫째, 정서준 연습생에 비해 말을 잘 들을 것 같아서, 둘째, 정서준 연습생에 비해 인기가 없어서였다. 제작진의 예상과 달리 안민영 연습생은 깜짝 카메라에 동참하라는 제안을 단호하게 거절했다.

"뭘 그렇게 잘못했길래 우리를 괴롭히냐고 막 화를 내는 거예요. 아니 뭘 잘못했냐니 너네 중에 범인이 있는데, 그랬더니 울려고 해요."

소속사와는 이미 협의된 사항이다. 아무것도 안 하고 그냥 정해진 시간 동안 우리가 마련한 방에서 쉬기만 하면 된다, 네가 하지 않으면 어차피 서준이한테 시킬 건데 친구한테 힘든 일을 떠넘길 거냐며 갖가지 말로 설득해도 완강하게 버텨서 장인혜 PD는 어쩔 수 없이 최후의 카드를 꺼냈다고 한다.

"민영아. 안선일 씨라고 알아?"

사람의 얼굴에서 '핏기가 가신다'는 묘사가 무얼 말하는지 장인혜 PD는 그때 안민영 연습생을 보면서 느꼈다.

"안선일 씨라는 분이 네 출연료를 자꾸 자기한테 지급해달라고 하루에도 몇 번씩 전화를 해서 우리가 너무 힘들어. 소속사를 통해 지급된다고 말씀드려도 막무가내시더라고. 네 친권이 자기한테 있다고 하시던데. 그럼 아버지라는 소린가?"

〈디 아이돌 특별 편: 소년 단죄〉 2화에서 안민영 연습생은 아버지로부터 가정 폭력을 당한 어린 시절의 상처를 '조수'들에게 털어놓은 적이 있었다.

"요즘엔 촬영장까지 오신다던데 민영이 네가 좀 해결해주면 안 될까?"

"PD님, 저 할게요."

"직접 만나서 허심탄회하게 얘기해봐야지. 가족인데."

"제가 잘못했어요."

장인혜 PD가 못내 안타까운 듯 눈을 찡그리며 당시를 회상했다.

"안선일이라는 분, 그러니까 민영이 아버지요. 제가 직접 봤거든요? 그냥 술 취한 부랑자였어요. 아니, 민영이가 그때 미성년자긴 했지만 이미 키도 덩치도 자기 아버지보다 큰데 뭐가 그렇게 무섭다고. 아주 애가 사정사정을 하더라고요. 무릎을 꿇고 제 운동화 끈에 이마를 막 비벼요. 어릴 적 기억이 얼마나 트라우마가 됐으면 그랬겠어요. 마음이 너무 안 좋았죠."

안민영 연습생을 포섭한 뒤에도 모든 일이 순조로웠던 것은 아니었다. 우선 섭외했던 정신건강의학과 의사들이 하나둘 슬그머니 출연을 고사했다. 나중에 알게 된 사실이지만 대한신경정신의학회로부터 '목적이 불분명한 TV프로그램 출연을 자제하라'는 공문이 돌았다고 한다. 간신히 오영수 의사 한 명만 잡을 수 있었는데, 그는 환자 성희롱 혐의로 피소된 후 학회에서 제명되었으며, 집행유예를 선고받아 신규 개원한 병원에서 내원자 모집에 어려움을 겪고 있어 유명세가 절실한 상황이었다.

예능인 섭외는 애초부터 타깃을 명확히 했다. 한때 이름을 날렸지만 구설수로 퇴출된 후 재기를 노리는 연예인이 섭외 대상이었다. 임신 중인 아내를 두고 퇴폐 업소를 출입한 김형규, 마카오 불법 도박 혐의로 집행유예를 선고받은 장영조, 탈세로 거액의 과징금을 낸 여진영, 불륜 양다리로 소셜 미디어를 뜨겁게 달군 곽초희가 상황실에 나란히 자리를 깔았다. 잃을 게 없는 이들에게는 지켜야 할 선도 없었다. 장인혜 PD가 의도한 바였다.

"허벅지 씨름 하자고 해요. 운동은 허벅지가 핵심이거든."

곽초희의 아이디어에 패널들이 까르르 웃었다.

"허벅지 씨름 좀 해봅시다. 운동은 허벅지가 핵심이니까."

지시 사항을 들은 아바타, 자신을 김종열 형사라고 소개한 연기자 이택수가 방금 들은 말을 똑같이 입 밖으로 내뱉었다. 권희종 연습생의 얼굴이 일그러지는 것을 보며 이택수는 속으로 유호성 PD를 심하게 욕하는 중이었다. 대학 후배인 그가 단역이 급하게 필요하다며 사정하길래 아르바이트 시간까지 바꿔서 나왔더니 지금 이 꼴이었다.

허벅지 씨름은 이택수가 이겼다. 권희종 연습생의 눈동자가 마구 흔들렸다. 이택수는 그 모습을 똑바로 보기가 힘들었다. 이런 일을 하려고 연기자가 된 것이 아니었다. 이런 일을 하려고 여태 고시원을 전전하며 맨밥에 김치를 먹고, 버스비를 아끼려고 걸어다니고, 범인 역할로 두들겨 맞는 연기를 하다가 갈비뼈가 나가면서 버텼던 게 정말로 아니었다.

다음 대사가 인이어를 통해 들려왔다.

"혓바닥을 팔꿈치에 댈 수 있어요?"

진술실에서 이런 일이 벌어지고 있으리라고는 꿈에도 생각하지 못한 채, 연습생들은 초조하게 제 차례를 기다리고 있었다. 정서준 연습생이 다리 떨기를 멈춘 뒤 회의실에는 적막이 돌았다. 마치 이 공간에 살아 있는 것이라곤 하나도 없는 것 같았다. 그 길고 무거운 침묵을 깬 것은 이하성 연습생이었다. 그때 이하성 연습생은 갑자기 세상이 너무 무섭게 느껴졌다고 했다. 코를 먹으며 훌쩍이는 소리를 내자 한율 연습생이 또 화를 냈다. 이하성 연습생이 몸을 한껏 웅크려 눈물과 콧물을 닦고 있을 때였다.

옆에서 서노아 연습생이 어깨를 잡아 몸을 자기 쪽으로 숙이게 했다.

반사적인 행동이었다고 했다. 이하성 연습생은 몸에 힘을 주며 버텼다. 서노아 연습생이 임의현 연습생의 뺨을 때리는 모습을 본 후 조금 껄끄럽기도 했고 약간 거리감이 느껴졌기 때문이었다. 그러자 서노아 연습생이 어깨를 토닥이며 작은 소리로 말했다.

"하성아. 이쪽 보고 울어. 거기 말고."

"지금 생각해보면 노아 형은 어느 정도 눈치를 챘던 게 아닐까 싶어요."

이하성 연습생이 기억을 되짚으며 잠시 생각에 잠겼다.

"제가 울고 있던 방향에 카메라가 숨겨져 있어서 반대 방향으로 몸을 돌리라고 했던 게 아니었을까요?"

제법 그럴듯한 가정이지만 확대해석일 수도 있다. 서노아 연습생의 행동에 대해서는 매우 자주, 아주 많은 부분을 추정에 의존해야 하는 어려움이 있다.

곧 형사, 아니 형사 역할의 연기자가 들어와 다음 연습생을 불렀다.

18

저 범인을 알아요

"일단 품행 장애가 의심되는데요."

예능인들의 호들갑으로 빈틈없이 채우던 오디오에 정신건강
의학과 의사 오영수의 목소리가 섞이기 시작한 것은 한율 연습
생이 등장하고부터였다. 오영수 손에는 연습생들의 심리검사
결과지가 쥐어져 있었다. 모니터로 보이는 진술실에서는 한율
연습생의 성폭행 의혹이 화두에 올라 있었다.

"품행 장애가 뭔가요, 선생님?"

"품행이 불량한 거 아니야?"

"그것도 장애구나."

"그럼 우리 다 장애인 아닙니까?"

이 말을 듣자 퇴폐 업소 출입으로 이슈를 일으킨 김형규가
얼굴을 일그러뜨리고 양손을 비비 꼬며 지적장애인을 연상시

키는 포즈를 취했다. 여기에 "장애인도 안마가 필요…… 읍읍"
하고 장영조가 받아쳤고 김형규가 벌떡 일어나 "야, 다 똑같은
사람이야!"라며 삿대질을 했다. 이 장면은 이후 장애인을 비하
했다는 비판을 들으며 관련 단체로부터 강력한 항의를 받았고
방송통신위원회는 법정 제재인 '관계자 징계'를 의결했다.

"3개월 감봉이었죠."

장인혜 PD는 방송통신위원회의 결정에 불만이 있어 보였다.

"솔직히 그 장면은 편집해야 하긴 했어요. 좀 과하긴 했는데.
반성은 하는데요. 저도 할 말은 있거든요. 요즘엔 뭐든지 불편하
다고 해야 좀 의식 있는 사람으로 쳐주는 게 있잖아요. 예능 만
드는 입장으로서는 너무 힘들죠."

코미디언들이 흉내 내는 것을 보고 한참 웃던 오영수 의사가 말
을 이어갔다.

"품행 장애는 타인의 권리를 지속적으로 침해하는 행동을 보
여요. 흔히 다른 사람을 괴롭히는 모습이 많이 드러나죠. 보통
청소년기에 주로 진단되고요. 근데 품행 장애는 반사회적 인격
장애랑 좀 유사한 측면이 있어서, 자세히 검사를 해봐야……."

때마침 모니터 속에서 한율 연습생이 화가 난 듯 발로 책상
을 걷어찼다. 여진영이 "어휴 남자네" 하며 엄지손가락을 치켜
올렸다.

"반사회적 인격 장애는 또 뭡니까?"

"품행 장애랑 행동은 비슷한데 아주 단순하게 설명하면 양심의 가책이 전혀 없달까요?"

"사이코패스?"

"소시오패스?"

"예. 그 두 가지를 포함하는 상위 개념이라고 보시면 돼요."

"나 어쩐지 쟤 보자마자 눈이 어휴. 살벌했다니까."

"아까는 그게 섹시하다면서요."

예능인들의 치고받는 멘트를 들으면서 오영수는 한율 연습생의 심리검사지를 들췄다. 문장완성검사의 한 가지 항목, '나는 해결하기 어려운 문제가 생기면 _____다'의 빈칸에 한율 연습생은 '화가 난다'라고 적었다.

오영수는 이런 종류의 사람을 많이 알고 있었다. 그가 청소년기를 보낸 남중과 남고에는 이런 남자들이 가득했다. 체구가 작고 조용한 편이었던 오영수는 그들에게 딱 좋은 놀림감이었다. 차마 전교 1등을 대놓고 건드리지는 못하고, 복도에서 마주치면 '좆경(좆같은 안경)'이 지나간다며 뒤에서 킬킬거렸다. 오영수는 그때마다 어금니를 꽉 깨물고 상상했다. 나중에 내가 외제차 몰고 다닐 때 쟤들은 주유소 알바하면서 내 차에 기름 넣어주겠지. 내가 한강변 아파트에서 예쁜 여자랑 섹스하고 밤에 출출

해서 치킨 시키면 저 새끼들 중 한 명이 배달 온다. 오영수는 인과응보라는 말을 믿었다. 노력은 배신하지 않는다는 말을 가슴에 새기고 다녔다. 그런 그에게 한율 연습생 같은 존재는 용납할 수 없는 눈엣가시였다. 저런 인간은 나처럼 똑똑하고 성실한 사람의 발닦개나 되어 구질구질하게 쓰레기처럼 살아야지 TV에 나와 여자들의 환호를 받으며 돈과 명성을 얻어서는 안 되는 것이었다. 한율 연습생의 얼굴 위로 학창 시절 일진 1, 2, 3, 4, 5……를 덧씌우며 오영수는 유심히 화면을 응시했다.

"저렇게 한곳에 집중하지 못하는 특성을 보여요. 주변 자극을 무시하질 못하고 일일이 다 반응을 하는 거예요."

이후로도 제이든 연습생에게 성인ADHD 검사를 추천하고,

"사소한 일에 지나치게 의미 부여를 하고 있네요."

이하성 연습생에게 범불안 장애의 징후를 발견한 뒤,

"경쟁 관계에 있는 사람을 깎아내리면서 자기를 치켜세우는 거거든요. 게다가 아까부터 계속 무슨 소속사 대표를 안다 무슨 공무원을 안다고 어필을 하는데 이게 전형적인 임상 사례예요."

백세민 연습생에게 자기애적 성격 장애를 선언하는 오영수의 목소리는 승리감으로 가득 차 있었다. 그 순간만큼은 호전될 기미가 없는 발기부전도 그의 걱정거리가 되지 못했다.

"이 친구가 개구나. 조선족."

누군가가 감탄하듯 말했다. 마지막 순서로 임의현 연습생이
들어왔다.

형사 역할을 연기 중인 이택수는 이미 지쳐 있었다. 말도 안
되는 지령에 맞춰 여덟 명의 연습생을 상대하다 보니 없던 두통
이 생길 정도였다. 스태프에게 마지막 순서라는 언질을 듣곤 의
자에 반쯤 걸쳐 있던 엉덩이를 끌어당겼다. 일찍 마치면 야간 알
바 가기 전까지 저녁 먹을 시간은 나올지도 모른다. 마침 임의현
연습생이 문을 열고 들어왔다. 이택수는 그의 차분해 보이는 얼
굴이 마음에 들었다. 고분고분할 것 같았다. 몇 가지 기본 질문을
마치자 인이어 이어폰으로 지령이 내려왔다.

　－ 어느 나라 사람이냐고 물어봐요.

"어느 나라 사람이에요?"

"국적을 물으시는 건가요?"

"네."

"중국입니다."

　－ '나는 공산당이 싫어요' 해보라고 해요.

이어폰 너머가 웃음소리로 시끌벅적했다. 이택수는 순간 짜
증이 치밀어 올랐지만 티 내지 않으려고 애를 썼다.

"'나는 공산당이 싫어요' 해보실래요."

"……."

임의현 연습생이 한숨을 쉬었다. 이택수는 그냥 울고 싶었다. 이어폰 너머로 한참 자기들끼리 상의하는 소리가 들리더니 지령 하나가 또 내려왔다.

– 한국이랑 중국이랑 축구 경기 하면 누구 응원하는지 물어봐요.

"한국이랑 중국이랑 축구 경기 하면 누구 응원해요?"

"我不看足球."

갑자기 나온 중국어에 이어폰 너머가 고요해졌다. 이택수가 당황해서 되물었다.

"뭐라고요?"

"我知道你."

"한국말로 하세요."

"我在剧中见过你."

"한국말 못 해요?"

"那你是罪犯."

빨리 끝내야 김밥이라도 먹을 수 있단 말이야. 이택수가 잔뜩 울상이 되었다. 저녁 알바는 클럽 가드였다. 계속 서 있어야 해서 체력 소모가 컸다. 임의현 연습생이 쩔쩔매는 이택수를 가만히 보고 있다가 살짝 웃었다.

웃는다고?

이택수가 그 광경에 위화감을 느끼기도 전에 임의현 연습생의 얼굴이 갑작스레 가까워졌다. 연기를 업으로 삼은 뒤로 잘생긴 배우들이야 많이 봤지만 확실히 임의현 연습생은 특출난 구석이 있었다. 크고 둥근 갈색 눈망울과 또렷한 콧대가 닿을 듯말 듯 가까워졌다.

"형사님에게만 털어놓을 게 있어요."

한국말이다. 이택수는 안도의 한숨을 내쉬려다가 입을 다물었다. 얼굴이 너무 가까워서 입 냄새가 신경 쓰였기 때문이었다. 기분 탓이겠지만 눈앞의 미소년은 풍기는 냄새마저도 향기로웠다.

"저 범인을 알아요."

이택수가 눈으로 외쳤다. 그런 거 알아도 나한테 털어놓지 마. 저녁 알바를 하는 클럽의 매니저는 지각에 아주 엄격했다. 시간이 지체될 것 같은 불길한 예감에 온몸이 꼬이는 것 같았다.

아랑곳하지 않고 임의현 연습생이 이택수의 귓가로 더 가까이 다가왔다.

"저한테 친구가 한 명 있어요. 그 친구는 아주 질투가 많아요. 자기보다 인기가 많은 걸 용서하지 못해요. 자기보다 잘나가는 것도 못 보겠대요. 그래서 죽였나 봐요. 준우도, 민영이도."

"뭔 소리야. 친구 누구요?"

"지금 제 뒤에 있어요."

이택수가 뒤로 물러나 시야를 확보하려다가 의자와 함께 바닥에 넘어졌다. 뒤통수를 어루만지며 일어나 주변을 둘러보는데 임의현 연습생이 천천히 손을 들어 허공을 가리켰다.

"여기."

"정신분열증이다!"

곽초희가 상황실 데스크를 주먹으로 치며 일어났다. 흥분한 콧구멍이 벌렁거렸다. 정작 의사인 오영수는 가만히 앉아 있었다.

"선생님, 저거 정신분열증!"

"요즘엔 그 용어는 안 쓰고 조현병이라고 하는데요."

"환각! 환청! 맞죠?"

"왜 이렇게 잘 알아? 너 조현이야?"

"아니 나는 그거 아니고 공황 장애잖아."

"공항 장애 아니고? 인천 공항에만 가면 막 ○○○○(무음 처리)."

네 사람이 말장난으로 오디오를 채우고 있을 때 정신건강의학과 의사 오영수는 조금 당혹스러운 기분에 휩싸였다. 저 친구 지금 드라마나 영화에서 본 조현병 환자 흉내 내고 있는 것 같은데……. 잘생겼는데 연기는 못하는 편이네……. 하지만 어디까지가 대본이고 어떻게 하는 것이 약속된 리액션인지, 예능이 처

음인지라 판단이 어려웠다. 오영수는 눈치를 보다가 그냥 웃어
버렸다.

　연습생들이 깜짝 카메라의 전모를 알게 된 것은 마지막 순서
인 임의현 연습생이 다시 회의실로 돌아오고도 한 시간가량이
지난 후였다. 빈 회의실에서 핸드폰을 보거나 벽에 기대어 졸던
연습생들이 문이 열리는 소리에 일제히 고개를 들었다. 중태라
던 안민영 연습생이 문가에 우두커니 서 있었다. 정서준 연습생
이 벌떡 일어나 그에게 다가갔다.
　"괜찮아?"
　안민영 연습생이 부들부들 떨면서 손을 양쪽으로 들더니 롤
러코스터를 배웅하는 테마파크 직원처럼 팔랑거렸다.
　"짜잔. 지금까지 깜짝…… 카메라…… 였습니다."
　한없이 애처로운 안민영 연습생의 몸짓과 이를 바라보는 나
머지 연습생들의 굳은 표정이 교차로 약 5초간 송출되었다. 한
율 연습생이 어금니를 꽉 물고 일어났다가 이내 우르르 들어오
는 사람들을 보고 다시 자리에 앉았다. 예능인들과 오영수 의사
가 요란하게 박수를 치며 등장했다.
　"놀랐지 얘들아."
　"이런 게 방송이야."

"방송국 놈들을 믿으면 어떻게 된다?"

"고소해! 고소해!"

뒤이어 형사 역할을 맡은 배우 두 명이 나타나 꾸벅 인사를 하고 퇴장했다. 이택수는 아마 알바 시작 전에 김밥을 먹을 수 있을 것이다. 여태 끊임없이 속아왔지만 이 정도 스케일로 이만큼 정성을 들여 뒤통수를 때릴 줄은 차마 예상하지 못했는지, 연습생들은 충격 받은 표정을 쉽사리 거두지 못했다. 그 굳은 얼굴들을 클로즈업하는 카메라들만 바빴다. 곧 장내를 대강 정리한 예능인 김형규가 손에 쥐고 있던 카드를 펼쳤다.

"너희들이 형사님이랑 이야기하는 거를 우리가 뒤에서 다 지켜봤거든."

동의를 구하듯이 김형규가 카메라 쪽으로 눈짓을 했다.

"정신과 의사 선생님 도움을 받아서 제일 범죄 위험성이 높은 사람을 한 명 뽑아냈어. 일종의 프로파일링이랄까? 그래서 그게 누구냐면."

옆에 서 있던 예능인들이 입으로 '두구두구두구' 하는 북소리를 냈다. 의사 오영수도 함께했다.

"그냥 발표하면 재미없잖아. 피디님. 발표 전에 복불복 게임이라도 해야 되는 거 아니에요?"

이 멘트는 방송에는 나오지 않았다. 유호성 PD의 말로는 분위기에도 맞지 않고 오버스러워서 편집했다고 한다. 방송인으로서 김형규의 전성기는 2010년대 초반 다인원 버라이어티 예능이 득세하던 시기였으므로 그럴 만도 했다. 편집점을 끊고 재차 큐 사인이 나가자 예능인들과 오영수 박사가 천연덕스럽게 침을 튀기며 또 '두구두구두구' 입소리를 냈다.

"어스엔터테인먼트 임의현 연습생!"

임의현 연습생이 예상했다는 듯 자리에서 일어났다. 날렵하고 섬세한 옆얼굴을 카메라가 오래도록 잡았다. 연습생들이 불안한 기색으로 수런거렸다.

약 한 시간 전, 임의현 연습생이 진술실에서 형사 역의 이택수에게 말한 중국어는 본방송에서는 자막이 달려 나갔다. 그 대화를 다시 옮기면 아래와 같다.

"한국이랑 중국이랑 축구 하면 누구 응원해요?"

"我不看足球(저 축구 안 봐요)."

"뭐라고요?"

"我知道你(나 당신을 알아요)."

"한국말로 하세요."

"我在剧中见过你(드라마에서 봤어요)."

"한국말 못 해요?"

"那你是罪犯(그땐 범인 역할이었는데)."

19

사회 정의고 나발이고

장인혜 PD가 단호하게 말했다.

"저 의현이 안 싫어해요."

임의현 연습생은 〈디 아이돌〉 시즌 3에 출연할 때부터 인기에 비해 워낙 분량이 적어 'PD가 안티다'라는 말이 돌았고 〈디 아이돌 특별 편:소년 단죄〉에 와서는 거의 기정사실화되었다. 장인혜 PD는 억울하다는 입장이었다.

"시즌 3 때 분량이 적었던 건 인정해요. 근데 그건 의현이가 스토리 뽑아내기 힘든 캐릭터여서 그랬던 거예요. 조용히 자기 할 일 하고, 성실하고, 주변 사람들과 트러블 안 일으키는 애를 제가 왜 싫어해요. 다만 분량 뽑기가 어중간해서 그랬지."

백번 양보해서 시즌 3 때는 오해를 살 수 있는 여지가 있었다 쳐도 특별 편, 〈소년 단죄〉에까지 그런 이야기가 나오는 것은 정말로 납득할 수 없다며 장인혜 PD가 열변을 토했다.

"소년 단죄는 의현이한테 완전 분량 몰빵 아니었어요? 특히 3화랑 4화요. 게다가 그게 나쁜 이미지였으면 내가 말을 안 해."

확실히 〈디 아이돌 특별 편:소년 단죄〉 3화와 4화에서 임의현 연습생의 활약은 독보적이었다. 독보적인 정도가 아니라 프로그램의 먹살을 잡고 끌고 갔다고 해도 과언이 아니다. 3화에서는 수동적으로 당하기만 하던 연습생들을 각성시키는 방아쇠 역할, 그리고 4화에서 깜짝 카메라를 눈치채고 자신을 '범인'으로 뽑게 유도하기까지, 임의현 연습생은 발군의 판단력과 행동력으로 프로그램을 이끌었다. 이 시점에서 임의현 연습생이 장인혜 PD로 대변되는 제작진이라는 '절대 악'에 맞선 히어로로 부상할 수 있었던 것은 무엇보다 그의 탁월한 센스 덕분이지만, 이를 포착하고 서사적 흐름으로 재구성해낸 편집의 힘도 무시할 수 없었다.

"제 말이 그 말이에요."

장인혜 PD는 속에 쌓인 것이 많았는지 테이블에 놓인 스푼으로 접시를 내리치며 고개를 격하게 끄덕였다.

"결국 방송은 편집의 예술이잖아요. 제가 의현이를 싫어했으면 걔한테 그렇게 힘을 실어줬을까요? 솔직히 말해서 저는 너무 좋았거든요. 고마웠거든요. 단조로워질 수 있는 프로그램이 의현이 덕분에 확 살았는데. 덕분에 우리가 할 일이 얼마나 줄고.”

원-윈이었다고 장인혜 PD는 한마디로 정리했다.

“그러니까 의현이에게 그런 일이 생긴 게 마치 제 책임인 것처럼 이야기되면 저는 완전 미칠 노릇인 거죠.”

장 PD가 인정한 것처럼 임의현 연습생은 〈디 아이돌〉 시즌 3에서는 거의 비중이 없었기 때문에, 〈디 아이돌 특별 편: 소년 단죄〉에서 보여준 영리한 모습만이 대중에게 강렬하게 인식되었다. 평소 임의현 연습생은 어떤 사람이었을까. 동료를 살해한 것으로 의심받고, 한때 의지했던 상대를 비난하고, 선망했던 형에게 뺨을 얻어맞는 세계에 입성하기 전까지, 그는 어떤 얼굴로 살았을까.

우리는 임의현 연습생의 가려진 얼굴을 찾기 위해 가리봉동에 위치한 어느 핸드폰 판매점에서 일하고 있는 장용수를 만났다.

“의현이는 워낙 잘생겨서 초등학교 때부터 유명했어요. 어린 마음에도 이런 애가 연예인을 해야지 아님 누가 하나 싶었죠.”

임의현 연습생과 한 동네에서 초중고를 같이 나왔다는 장용수의 말투에는 조선족을 떠올렸을 때 연상되는 특유의 억양이 거의 느껴지지 않았다. 이 말을 건네자 장용수는 세 살 때 한국에 왔으니 당연하다는 대답을 했다. 오히려 중국어가 서툰 게 그의 고민이라고 한다.

지금 장용수가 일하고 있는 핸드폰 매장은 어머니가 운영하고 있었다. 사회 경험을 쌓은 뒤 자기 사업을 시작하는 게 그의 계획이었고, 조선족만 대상으로 하는 게 아니라 남한 전체, 더 나아가 세계로 확대하고 싶다고 말했다. 그때를 대비해서 영어와 스페인어도 배우는 중이었다. 장용수의 집은 국내 거주 조선족 중에서 소득 수준이 높은 축에 속했다. 임의현 연습생의 부모 역시 여행사를 운영하며 부족하지 않을 만큼 버는 중산층이었다.

"우리보다 못사는 한국 애들이 조선족이라고 무시하면 좀. 하하하."

임의현 연습생이 조선족이라는 사실이 밝혀지고 나서, 장용수는 한동안 관련 뉴스에 달린 댓글을 일부러 찾아 읽었다. 보기 괴로운 말만 가득했는데도 이상하게 중독성이 있어서 멈출 수가 없었다고 한다. 오히려 악플을 보면서 성공하겠다는 각오를 다지게 되었다는 말도 했다. 유복한 가정환경 덕인지 장용수는 자신감이 넘쳤다. 그는 자신의 강점으로 이중 언어를 사용한다는 점과 중국인이라는 것을 꼽았다.

"중국이 세계의 미래잖아요. 전 앞으로 사업을 할 거니까 그런 점을 생각하지 않을 수가 없죠. 조선족 중에서 완전 정착해서 한국에 귀화를 하는 경우도 없진 않아요. 근데 저는 제가 중국인인 게 좋거든요."

하지만 임의현 연습생과 이런 이야기를 나눈 적은 없다. 애초에 임의현 연습생은 조선족이니 한족이니, 중국인이니 한국인이니 하는 구분을 거의 신경 쓰지 않았다고 한다.

"아무래도 국적과 민족을 초월해서 먹히는 얼굴이니까?"

장용수가 눈썹을 아래로 눕히며 웃었다. 눈가에 눈물이 맺힐 때까지 웃음을 그치지 않았다.

"가리봉동에 있는 초등학교에 들어가면 반에서 한 70~80퍼센트가 조선족이거든요. 나머지는 한국 애들. 가끔 힘 센 조선족 애가 한국 애 놀리면, 의현이가 그러지 말라고 나서고 그랬어요. 괴롭힘 당하던 애랑 같이 급식도 먹고, 축구 할 때도 부르고. 조선족이랑 한국 애가 입장이 바뀐 상황이어도 마찬가지였고."

인터뷰를 위해 장용수는 어릴 적 사진을 가져왔다. 눈이 사슴처럼 커다랗고 볼이 발그레한 어린 임의현 연습생이 운동장, 음식점, 교실 사물함 앞에서 부끄러운 듯 웃고 있었다. 사진 한 장 한 장을 짚으며 임의현 연습생과의 추억을 이야기하는 장용수의 목소리가 따스했다.

"잘생기고 똑똑하고 정의로운 아이. 제 친구여서 하는 말이 아니라요. 누구든 의현이와 잠깐이라도 같이 있어본다면 그렇게 말할 거예요. 참 좋은 아이예요, 하고요. 누구라도요."

하지만 이하성 연습생은 한참 뜸을 들였다. 임의현 연습생에 대해 말하기를 유독 어려워하는 눈치였다. 고민 끝에 그가 내놓은 말은 '알기 힘든 형'이었다.

"저 멍청한 애 아니거든요? 이번에 중간고사 평균 80점 넘었다고요. 근데 의현이 형은 뭐라고 해야 되나. 다른 차원? 솔직히 저는 아직도 의현이 형이 그때 무슨 생각을 했는지, 왜 그렇게 했는지 잘 모르겠어요."

서노아 연습생과 임의현 연습생 사이에 혹시 어떤 징후가 있었는지, 아주 사소한 것이라도 기억나는 게 있다면 말해줄 수 있는지 물었다. 이하성 연습생은 난감해하는 얼굴을 했다.

"제가 원래 눈치가 없어서 잘……. 노아 형이 그때 많이 예민하긴 했는데 사실 모두가 그랬거든요. 다들 잠도 못 잤고 신경도 날카롭고……. 아, 좀 특이했던 거는 노아 형이 음식을 전부 싸와서 먹었어요. 구내식당에서 나오는 거나 PD님들이 주시는 것에 전혀 손을 안 댔거든요. 스트레스 때문에 알러지가 심해져서 그렇다고 말은 했는데, 아무래도 제작진이 나눠준 간식을 먹고 준우 형이 사고를 당했으니 찝찝했겠죠."

좀 더 생각해보더니 정말로 기억나는 게 없다며 미안해했다.

"뺨을 때린 후에 두 형들 사이가 무지 살벌했던 거는 제가 말 안 해도 아실 것 같아서."

그래서 장인혜 PD는 순간 생각했다고 한다. 의현이가 아무리

의젓하고 머리가 좋다 해도 나이는 속일 수가 없구나. 어리긴 어리네, 하고 말이다. 4화의 대미를 장식할 '거짓말 탐지기 쇼'는 경찰서에서 퇴계원 ㅈ연수원으로 다시 무대를 옮겨 진행됐다. 생로랑 슈트를 입은 MC 강혜성이 임의현 연습생에게 함께 거짓말 탐지기 앞에 서게 될 또 한 명의 연습생을 고르게 했다. 임의현 연습생이 조금의 망설임도 없이 서노아 연습생 이름을 불렀다. 곳곳에서 탄식이 터져 나왔다.

"얘가 뺨을 한 대 맞더니 아주 악에 받쳤구나 싶었죠. 현장에 있던 스태프들, 연습생들 다 비슷한 생각 아니었을까요? 그게 아니라면 이미 '당신이 양준우를 죽였습니까'라는 질문에 '아니오'라고 대답을 했고 거기에 진실 판정까지 받은 서노아를 또 고를 이유가 없잖아요."

오히려 잘됐다고 유호성 PD는 생각했다고 한다.

"장 선배도 누누이 강조했지만, 우리 프로그램이 진짜 범인을 찾겠단 게 목적이 아니거든요. 솔직히 범인 찾기는 핑계고 그냥 재밌으면 돼요. 인간이고 존엄성이고 사회 정의고 나발이고 재밌으면 용서란 말이에요. 노아랑 의현이처럼 출연자 간 갈등 구조가 확 부각되면 스토리가 완전 살잖아요. 싸움이 나면 구경꾼이 모여드는 법이고."

거짓말 탐지기 센서 부착을 끝내자 2분할로 나뉜 스크린에 임의현 연습생과 서노아 연습생의 얼굴이 떴다. 이전 회차까지의 관습에 따르면 범인 투표에서 1등을 차지한 임의현 연습생이 서노아 연습생에게 먼저 질문을 던져야 했다. 하지만 이번에는 순서를 바꿨다. 장인혜 PD의 즉흥적인 판단이었고 결과적으로 옳은 선택이었다. 4화에 남은 수수께끼는 단 하나였으므로. 과연 임의현 연습생이 이미 한 번 거짓말 테스트를 받은 서노아 연습생에게 뭘 물어볼까? 질문 순서가 바뀌자 그 답은 자연스레 프로그램 가장 마지막에 드러나게 되었다.

앞 순서로 서노아 연습생이 임의현 연습생에게 던진 질문은 지극히 평범했다. 이전 회차의 기본 질문들을 그대로 반복했다는 뜻이다. 이름과 성별을 묻는 대조군 질문이 끝나고, "당신이 양준우를 죽였습니까?"라는 질문에 임의현 연습생은 "아니오"라고 대답했다. 스크린에는 '진실'이 떠올랐다.

이제 임의현 연습생이 마이크를 잡았다. 전에 없던 배경음악이 깔렸다. 여기에 현장에서 나는 웅성거리는 소음, 침을 삼키는 MC, 질문을 생각하며 입술을 축이는 임의현 연습생의 모습이 더해져 모르긴 몰라도 뭔가 불길한 일이 생길 것만 같은, 다급하고 아슬아슬한 분위기가 조성됐다. 이윽고 임의현 연습생이 결심이 선 듯 서노아 연습생을 마주 보았다. 카메라는 이 당찬 눈동자를 로우앵글로 잡으며 어떤 각도에서도 굴욕 없는 미모를 담았다.

"당신의 이름은 서노아입니까?"

"네."

첫 번째 질문에 대한 거짓말 탐지 결과는 물론 '진실'이었다.

"당신은 남자입니까?"

"네."

역시 '진실'이 떴다. 임의현 연습생이 마지막으로 질문했다.

"당신은 양준우를 죽인 범인이 누구인지 알고 있습니까?"

"……아니오."

스크린에 '거짓'이 떴다.

서노아가 범인이 누구인지를 알고 있다.

이 사실이 모두의 머릿속에 인지되기까지는 몇 초가 필요했다. 임의현 연습생이 털썩 자리에 앉고 한숨을 쉬었다. 강혜성이 입을 벌리고 있다가 큐 카드를 마구 넘겼다. 이런 경우에 써먹을 엔딩 멘트는 적혀 있지 않았다. 백세민 연습생이 뒷머리를 털며 일어났고 권희종 연습생이 욕설을 지껄였다. 혼란에 휩싸인 스튜디오에서 오직 서노아 연습생만이 감정을 짐작하기 힘든 표정으로 기척이 없었다. 정지 화면처럼 고요했다. 카메라가 그의 얼굴을 클로즈업했다. 오른쪽 눈 흰자위에 위치한 희미한 점 하나가 보일 정도로 가까이. 흔들리는 동공에 빨려들어가듯 카메라 줌인. 화면이 까맣게 변했다. 〈디 아이돌 특별 편:소년 단죄〉 4화 방송이 종료되었다.

종료 직후부터 각종 매체와 댓글란, 게시판이 뜨겁게 달아오르기 시작했다. 초점은 두 가지였다. 서노아 연습생이 목격한 범인이 누구인가, 그리고 그는 여태 왜 사실을 숨겼나. 소속사 개입설, 조폭 배후설까지 갖가지 억측과 가설이 쏟아지고 경찰의 부실 수사 의혹이 번지는 가운데 '서노아' '서노아 목격자' '서노아 소속사' '서노아 위증' 등의 키워드가 번갈아가며 주요 포털 사이트 실시간 검색어 차트 꼭대기에 올랐다. 이 기세는 다음 날 새벽 2시, '임의현 동영상'이 차트를 치고 올라오면서 사그라들었다.

20

사탄의 자식이라고 울부짖었다

ㅊ초등학교 사서 교사 손지영(가명, 29세)은 점심을 거르고 도
서관 책상에 앉아 교육청에 보낼 사유서를 작성하고 있었다. 문
득 시계를 보니 곧 5교시가 시작될 시간이었다. 파일을 저장하고
노트북을 껐다. 손지영은 창의적 체험 활동으로 주 1회 5, 6학년
각 한 반씩 독서 교육을 실시하고 있었다. 신청 인원이 많아 도서
관에서 수용이 어려워 직접 학급으로 찾아가는 수업이었다. '귀
찮은 거 안 시킨다' '가만히 있어도 된다'라는 이유로 인기가 높
은 것은 익히 알고 있었다. 오늘 가야 할 곳은 5학년 3반이었다.
책과 준비물을 챙기는데 수업 자료 일부가 보이지 않았다. 곰곰
이 기억을 되짚어보니 어제 수업이 있었던 6학년 1반에 두고 온
것 같았다. 손지영은 순간 눈앞이 아찔해지고 심장이 벅차게 뛰
는 기분이 들었다. 심호흡을 하며 가까스로 마음을 진정시켰다.

6학년 1반은 '그 아이'의 반이었다. 도서관 뒤쪽 서가에 숨어 자위를 하다가 손지영에게 발각되었던 '그 아이'. 부모가 되레 '아들이 사서 교사에게 성추행을 당했다'며 민원을 제기한 바로 '그 아이'. 사유서의 원인 제공자.

잠깐 들러서 자료만 가져오면 돼. 아무 일도 생기지 않을 거야. 학생 때문에 벌벌 떠는 교사라니 한심하기 짝이 없다. 평소보다 일찍 도서실을 나서면서 손지영이 주문을 외우듯 중얼거렸다. 괜찮아. 괜찮아. 6학년 교실이 있는 5층 복도에 들어서니 학생 몇 명이 인사를 했다. 올해 무기계약직으로 전환된 후 이렇게 종종 인사를 받았다. 기간제 신분일 때는 좀처럼 없던 일이었다. 아이들은 마치 개처럼 서열에 민감했다.

손지영이 6학년 1반 교실 문을 열었을 때였다. 꼭 짜놓은 각본처럼 '그 아이'와 눈이 마주쳤다. '그 아이'가 히죽 웃었다. 학생들이 모여서 전자 칠판을 보고 있었다. 손지영의 시선이 자연스럽게 화면을 향했다. 남자 두 명이 나체로 뒤엉켜 있었다.

"너희 지금 뭐 보는 거니?"

"쌤은 안 보셨어요?"

'그 아이'가 건들거리며 앞으로 나섰다.

"어제부터 인터넷에서 난린데."

"우웩. 토 나와."

한 아이가 구역질하는 시늉을 하며 가리킨 장면에선 구강 성
교가 한창이었다. 손지영이 아연실색하며 전자 칠판으로 다가
가 전원을 뽑았다. '그 아이'가 아쉬워하며 야유하는 소리를 냈
다. 손으로는 방금 본 성교 장면을 흉내 내는 중이었다. 손지영
은 평소 자신이 보통의 도덕성을 갖춘 교사라고 생각했다. 하지
만 지금 이 순간, '그 아이'의 웃는 얼굴을 눈앞에서 치워버릴 수
만 있다면 무엇이든 할 수 있을 것 같았다. 목을 조르거나 때려
죽여야만 가능하다 해도 기꺼이. 그래, '그 아이'는 마치 인간이
같은 인간을 얼마나 싫어할 수 있는지 테스트하기 위해 신이 손
지영에게 부여한 실험 조건 같았다. 순간 현기증이 일어 손지영
이 눈을 감았다 떴다. '그 아이'는 여전히 웃고 있었다.

'임의현 동영상'은 모바일 메신저를 통해 걷잡을 수 없는 속
도로 유포되었다. 호리호리한 몸매의 소년과 모자이크된 키 큰
남자가 주연인 15분 32초 분량의 비디오였다. 성교의 적나라한
장면들이 여과 없이 담겨 있었다.

"질이 너무 나빠요."

《파인드스타》엄주호 기자가 미간을 찌푸리며 말했다.《파인
드스타》는 한국 파파라치계에 한 획을 그었다는 평을 받는 연예
매체로 업계에서는 '파인드스타가 파인드스타했다'라며 고유

명사로 취급되고 있었다. '팩트'로만 이야기한다는 슬로건처럼 탄탄하고 믿을 수 있는 취재원을 다수 확보하고 있는 데다, 업계 원톱으로 부상한 이후엔 쏟아지는 제보들만 소화하기에도 벅찰 정도라고 했다. 혹시 《파인드스타》에서는 '임의현 동영상'의 존재를 미리 알고 있진 않았을까.

"저희는 불륜이랑 동성애는 보도하지 않습니다. 그건 한국 사회에서 한 사람의 인생을 망가뜨리는 일이에요. 제보가 들어왔다고 하더라도 철저히 폐기합니다."

《파인드스타》에서 보도한 뒤 연예계를 잠정 은퇴하거나 활동을 중단한 몇몇 연예인이 떠올랐지만 굳이 언급하지는 않았다. 엄주호 기자는 일어나서는 안 되는 일이 일어났다며 거듭 안타까움을 표했다. 해당 동영상의 유출 경로에 대해 업계에서는 어떤 추측을 하고 있을까.

"이 정도로 대형 폭탄이 터지기 전에는 반드시 소문이 돌거든요. 왜냐하면 제보자가 가만히 있다가 짠! 하고 공개하는 게 아니라 여기저기 찔러보고 다녀요. 말이 안 퍼질 수가 없단 말이에요. 근데 이 임의현 동영상이 이상한 게 그런 낌새라든가 조짐이 전혀 없었어요. 지라시 하나 없었다고요. 하늘에서 뚝 떨어진 건데. 진짜 말이 안 되는 소리거든요."

하도 소리 소문 없이 등장해서 연예부 기자로서 자존심이 상할 정도였다고.

"지금은 이해가 되죠. 돈 있고 권력 있는 분들이 움직이면 일 처리가 이렇게 깔끔하구나."

소속사인 어스엔터테인먼트는 동영상 속 인물과 임의현 연습생이 동일인이 아니라고 발표했다. 근거 없는 루머 유포에 강경 대응을 예고하기도 했다. 그러나 의혹을 잠재우기에는 역부족이었다. 동영상의 등장인물과 임의현 연습생이 같은 사람임을 증명하는 비교 자료까지 나돌면서 상황은 악화되어갔다. 자료에 따르면 오른쪽 눈 밑 애교살의 붉은 점, 왼쪽 턱 보조개, 손등과 손목과 팔뚝에 있는 점, 옆구리에 난 동전 크기의 회색 반점이 동일했다. 이에 임의현 연습생 팬들은 해당 자료를 반박하며 한국디지털소리연구소에 의뢰한 성문 분석 결과를 공개했다. 결과에 따르면 영상 속 '아니' '응' '잠깐만' 등의 목소리가 임의현 연습생과 일치할 확률은 15퍼센트밖에 되지 않았다. 이 증거는 바로 다음 날 뒤집혔는데, 이슈 전문 유튜버 조땡땡이 해당 분석을 수행한 한국디지털소리연구소가 돈만 주면 결과를 조작하는 엉터리 기관임을 폭로하는 영상을 올렸기 때문이었다.

파문이 계속되자 포털 사이트 두 곳이 자체 윤리 규정을 근거로 검색어 '임의현 동영상'을 실시간 차트에서 삭제했다. '임의현 다운' '임의현 링크' '임의현 주소'가 그 자리를 대신했다. 일요일에는 임의현 연습생이 사는 가리봉동 자택에 한 여성이 오물을 투척하는 사건이 일어났다. 이 여성은 임의현 연습생을 향해 '사탄의 자식'이라고 울부짖었다고 한다. 경찰 측 발표에 따르면 해당 여성은 이날 아침 이슬람 난민 추방을 촉구하는 시위에 나갔다가 참석자들에게 배설물을 모아줄 것을 부탁해 비닐봉지에 담아 가리봉동까지 도보로 이동했다. 공교롭게도 칩거 중이던 임의현 연습생이 저녁 예배를 드리러 교회를 가기 위해 집을 나선 순간 발생한 일이었다. 이 오물 투척 사건 이후 임의현 연습생은 소속사를 통해 프로그램 하차를 통보해왔다. 장인혜 PD가 계약서 조항을 들먹이며 막대한 위약금을 언급해도 완고한 태도였다고 한다.

"그때가 프로그램 최대 위기였어요. 핵심인 두 사람이 한꺼번에 빠지겠다고 하니까."

여기서 '두 사람'이란 임의현 연습생과 서노아 연습생을 가리킨다. 동영상에 어느 정도 묻히기는 했으나, 서노아 연습생도 4화 방송 이후 꽤나 고초를 겪고 있던 상황이었다. 많은 시청자들이 정말 서노아 연습생이 범인을 알고 있는지 해명을 요구했다. 소속사 라임엔터에서는 '거짓말 탐지기 오류'라며 모든 연관성을 전면 부인했지만 압박이 계속됐고 끝내 정신적 스트레스를 견디지 못해 서노아 연습생이 실신하는 일이 벌어졌다. 장인혜 PD는 그 소식을 입원한 서노아 연습생에게 직접 들었다.

"너무 힘들다고, 도저히 카메라 앞에 못 서겠다고 울면서 그러는데. 어휴. 그런 미남이 저한테 매달리는 경험을 언제 또 해보겠어요? 너 하고 싶은 대로 다 하라는 말이 목구멍까지 올라오더라고요. 영상 통화가 아니었기에 망정이지."

그런 상황에서도 장인혜 PD는 5화를 준비하고 있었다. 임의현 연습생과 서노아 연습생이 빠지더라도 어떻게든 프로그램을 이끌고 갈 생각이었다. 쇼에서 중요한 것은 사람이 아니다. 캐릭터다. 장인혜 PD는 캐릭터 메이킹에 자신이 있었다. 그러나 그의 자신감은 예상치 못한 암초에 부딪치게 되었으니 바로 직속 상사인 도재선 CP 때문이었다.

"인혜야. 여기서 그만 접자."

빈 회의실로 긴히 불러서 하는 말이 끝내자는 소리라 얼마나 황당했는지 모른다. 4화 시청률은 전국 기준 18.2퍼센트였다. 최고의 기록이었다. 완벽한 부활이었다. 제작 지원사로 프로미스 말고도 화장품 브랜드와 침구 브랜드가 더 붙을 거라는 말이 돌고 있는 상황에서 적어도 프로그램 CP가 할 말은 아니었다.

"이유나 들어봅시다."

"넌 피도 눈물도 없냐? 의현이 저 고생을 하는 거 보고 죄책감도 안 들어? 방송인으로서, 크리에이터로서 지켜야 할 선이 있는 거야. 강혜성도 애들한테 미안해서 더 못 하겠다고 아까 전화 왔어."

"강혜성 그 새끼는 왜 나를 건너뛰고 선배한테 연락해요?"

"그게 중요한 게 아니고 임마!"

장인혜 PD가 삐딱하게 서서 볼을 부풀렸다. 도재선 CP의 애원과 회유가 길어지자 장인혜 PD는 손바닥으로 양쪽 귀를 틀어막고 안 들리는 척을 했다.

"장난하냐?"

"선배님이야말로 장난하십니까? 여기까지 와놓고 그만하자고요? 그럼 모방 범죄 발생했을 때 진작 멈췄어야죠. 그때 상민 작가 끼고 밤새 대본 만들어서 나보고 외우라고 시키고 리허설 보던 사람 그새 이직했답니까?"

장인혜 PD의 이죽거림에 도재선 CP가 앓는 소리를 내며 답답하다는 듯이 제 가슴을 마구 때렸다.

"진짜 이유를 말해봐요 선배. 위에서 뭐라고 했어요?"

늘 말이 많던 도재선 CP가 대답을 얼버무리는 것을 보고 바로 손을 뗐어야 했다고, 장인혜 PD는 이날을 회상하며 말했다.

결국 조건부 허락이 떨어졌다. 도재선 CP로서는 절충안이었다.

"딱 한 회만 더 하고 끝내."

"지금 화제성 최곤데 한 번으로 끝내겠다고요?"

"그럼 오픈런 할래? 누구 돈으로? 너 지난 회차 때 제작비 얼마 오버했어? 자금 팀에서 지금 너 찾고 있는 거 알아 몰라?"

"아니 필요한 만큼 지원하겠다고 한 게 누군데?"

"더 말할 것도 없어. 한 회. 대신 노아나 의현이 중 한 명은 꼭 출연시켜. 꼭."

회의실을 나와 장인혜 PD는 필사적으로 머리를 굴리기 시작했다. 어떻게 서노아 연습생이나 임의현 연습생 중 한 명을 설득할 수 있을 것인가. 준비물이 필요했다. 각 소속사의 사업망, 수익 구조, 정치권이나 재계, 공공기관과의 친분 내지는 유착 관계, 담당자들의 면면, 각 연습생들의 가정환경, 교우 관계, 연애, 학교 생활, 식성, 취미, 질병, 좋아하는 것이나 싫어하는 것, 뭐가 되었든 상관없으니 약점이 될 만한 것, 쥐고 휘두르고 주무를 어떤 것.

당시 장인혜 PD는 대부 업체가 운영하는 불법 도박 사이트로부터 〈디 아이돌 특별 편: 소년 단죄〉와 관련된 베팅이 성사될 때마다 운영 수수료의 4퍼센트를 배당받고 있었다. 딱 한 번만 판을 제대로 벌이면, 이 더럽고 질척거리는 빚더미에서 벗어날 수 있었다.

장인혜 PD가 핸드폰 주소록을 열었다. 신호음 세 번 만에 걸쭉한 남자의 목소리가 들려왔다.

21

미친년

– 서노아라는 사람 대체 뭐 하는 인간이에요? 아이돌 연습생
맞아요?

전화가 걸려왔다. 장인혜 PD가 E대표가 있는 심부름 센터에
서노아 연습생과 임의현 연습생에 대한 뒷조사를 의뢰한 뒤 정
확히 열세 시간 만의 일이었다. 사무실에 있던 장인혜 PD는 E대
표의 목소리가 주변에 들릴까 봐 핸드폰을 들고 비상계단으로
장소를 옮겼다.

– 장 PD도 잘 알잖아요. 내가 정치인이랑 재벌 도청 한두 번
해봤나. 와, 근데 서노아 이 친구가 완전 그 급이라니까?

E대표의 말을 정리하면, 소속사 라임엔터테인먼트는 소규모
엔터 회사가 그렇듯 불법 촬영이나 도청에 대한 대비가 전무했
으나, 서노아 연습생 개인의 방어 태세가 준프로급이었다. 알아

보니 일상적인 스케줄에서도 늘 휴대용 도청 감지기를 들고 다녔고, 이번에 VIP병실에 입원하면서는 아예 보안 업체와 계약을 맺어 도청 방지 시스템을 설치했다고 한다. 서노아 연습생은 과거 그룹 활동 때 대기실 도청으로 곤욕을 치른 적이 있었다. 아마 그 영향일 거라고 장인혜 PD는 짐작했다.

 ─ 아니, 서노아가 고용한 업체가 어딘지 알아요? 태선이야 태선. 지난 탄핵 사건 때 헌법재판소랑 계약한 곳. 톱 중에 톱이라고요. 어린 친구가 돈도 많은가 봐.

"그래서 얼마나 더 드리면 돼요?"

 ─ 중간 걸로 한 장.

장인혜 PD가 마음속으로 지금까지 불법 도박 사이트로부터 받은 수수료와 앞으로 받을 수 있는 돈, 그리고 남은 빚의 액수를 헤아렸다.

 ─ 우리 장 PD라서 특별히 해드리는 거야. 오래 같이한 정이 있어서.

장인혜 PD는 통화를 끊지 않은 채로 은행 어플을 열어 바로 비용을 송금했다. 지체할 시간이 없었다.

박금자(가명, 69세)는 오늘도 ㅎ종합병원 30층의 VIP병동, 통칭 300동에 출근했다. 지하 1층 도구실에서 청소 도구를 챙기고 일반 엘리베이터로 29층에서 내린 뒤 비상계단으로 30층에 올라가 이중 구조 게이트에서 두 차례 출입증을 찍어 입장을 마친 시간은 오전 9시 41분. 청소 근무자는 VIP용 엘리베이터 사용이 금지되어 있었기 때문에 박금자는 언제나 이 방식으로 300동에 가야 했다. 안에 들어서자 근무 중인 간호사가 비품 체크를 하다 말고 인사를 건넸다. 박금자가 사람 좋은 미소를 띠며 화답했다.

VIP병동 간호사들은 근무 경력, 평점, 영어 성적 등을 종합하여 선발된다고 들었는데, 암암리에 외모도 기준이 되는 모양인지 대체로 예뻤다. 예쁜 간호사들은 예쁘지 않은 간호사들에 비해 오른쪽 다리를 얕게 절고 얼굴에 화상 흉터가 있는 박금자에게 더 친절한 경향이 있었다. 손해 될 건 없었다.

박금자가 복도 청소를 하는데 안쪽 병실 문이 열리고 수간호사가 식판을 들고 나왔다. 사기 그릇이라 무게가 상당할 텐데도 방긋방긋 웃는 얼굴에는 힘든 기색이 없었다. 방금 수간호사가 나온 병실에는 병원장의 사돈이 입원하고 있었다. 수간호사가 직접 식판을 갖고 들어가 그릇 뚜껑을 일일이 열어주고 과일까지 깎으며 한담을 나눈다는 소문이 자자했다. 병실 문을 닫자마자 수간호사 얼굴에서 웃음기가 가셨다. 청소 도구를 들고 있는 박금자를 보더니 얼굴을 찡그리고 몸을 최대한 벽으로 피했다.

'미친년.' 박금자가 속으로 중얼거렸다. '내가 너 얼마나 가나 보자.'

　청소를 마치고 박금자는 다시 비상계단으로 한 층을 내려가서 엘리베이터를 타고 지하 1층 도구실로 내려갔다. 박금자가 자기 이름이 적힌 캐비닛 앞에 섰다. 잠금 장치가 걸려 있지 않은 문을 열더니 안에서 5만 원권 다발을 꺼내 한 장 한 장 세기 시작했다. 계산이 끝나자 돈다발을 탁탁 정리하고 가방에 넣었다.

　박금자는 VIP병실에서만 9년간 일을 했다. 간호과장에게 정기적으로 김치와 제사 음식을, 틈틈이 각종 탕과 반찬류를 갖다 바친 지는 15년쯤이 됐다. 간호과장은 박금자에게서 돌아가신 어머니의 손맛이 난다고 했다. VIP병실 환자들은 돈이 많고 심심했고 너그러웠다. 불편한 다리를 끌며 일하는 청소부를 불쌍해하며 흔쾌히 돈을 찔러줬다. 박금자는 다리를 더 심하게 절되 몸에 무리가 적은 걷기 요령을 터득했다. 9년 동안 모은 돈에 대출을 더해 수도권 신도시에 아파트 한 채를 분양받았다. 물이 위에서 아래로 흐르듯 모든 일이 순탄했다. 일흔을 앞둔 나이가 돼서야 겨우 사는 즐거움을 알 것 같았다. 두 달 전, 새로운 수간호사가 부임하기 전까지는.

　수간호사는 의료인의 직업 윤리를 운운하며 공공연한 비밀이었던 VIP병실의 '수고비' 문화를 근절하겠다고 공언했다. 의료인도 아닌 박금자의 피해가 막심했다. 대출금 원금 상환을 앞두고 끙끙대고 있던 박금자에게 접촉해온 것이 심부름 센터 E대표였다.

그 시각 E대표는 이틀 전 박금자로부터 넘겨받은 방문증을 목에 걸고 300동에 들어갔다. 직접 움직이는 건 오랜만이라 답지 않게 손에 땀이 났다. E대표가 푸른색 유니폼 가슴팍에 새겨진 '태선'이라는 마크 위로 축축한 손바닥을 벅벅 문질렀다.

병실 문을 열자 잘생긴 남자가 침대에 앉아 있었다. 서노아 연습생이었다. 옆에 앉아 있던 사람, 아마 소속사 직원쯤 되는 인물이 벌떡 일어났다. E대표가 모자를 벗어 앞머리를 한 번 쓸어올리고 다시 썼다.

"태선에서 나왔습니다. 기기 점검 때문에요."

"저번에 끝난 거 아니에요?"

"정기적으로 메모리 갈아줘야 되는데. 못 들으셨어요? 전에 계시던 분한테는 말씀드렸는데."

"잠깐만요. 확인해보고요."

소속사 직원이 핸드폰을 꺼내자 E대표가 유니폼 주머니에 손을 넣어 준비해온 초음파 발생기를 켰다. 핸드폰 전파를 방해하는 간단한 방법이었다. 통화가 되지 않자 소속사 직원이 고개를 갸웃거렸다. E대표가 말했다.

"도청 방지 장치 때문에 폰이 안 터지는 경우가 가끔 있어요. 밖에서 통화하고 오세요."

소속사 직원이 서노아 연습생과 E대표를 번갈아 보며 잠시 고민하다가 밖으로 나갔다. 병실에 두 사람만 남았다. 멀뚱히 눈을 깜빡이던 서노아 연습생은 진동 소리가 나자 협탁에 놓인 자신의 핸드폰을 집어들었다. 그 틈에 E대표는 도청 방지 장치에 다가갔다. 재빨리 전원을 차단한 뒤 소매에 넣어둔 5mm 남짓한 크기의 도청기를 기기 바닥에 있는 통풍구에 붙였다. 원래부터 한 제품인 것처럼 딱 들어맞았다. 몸을 돌리자 서노아 연습생과 눈이 마주쳤다.

E대표가 심부름 센터를 운영한 지는 8년, 업계에 몸을 담은 지는 21년째였다. 부침이 심한 이 업계에서 강산이 두 번 변하는 동안 일이 끊기지 않았던 배경에는 E대표의 능력, 한 번 본 사람은 웬만해서 잊지 않는 비상한 기억력이 있었다. E대표는 서노아가 낯이 익었다. 사진이나 영상에서가 아니라, 현실에서 직접 저 눈빛을 마주한 적이 있었던 것 같다.

그때 소속사 직원이 들어왔다.

"이봐요. 들은 거 없다는데요?"

"예? 3007호 양찬호 씨 맞잖아요."

실제 3007호에는 양찬호라는 이름의 환자가 입원 중이었다.

주가 조작으로 감옥에 있다가 무릎 통증을 핑계로 요양 나온 증권사 사장. 박금자가 보너스로 알려준 정보였다.

"여기 3002호예요."

소속사 직원의 짜증 섞인 답변에 E대표가 거듭 허리를 숙이며 병실을 나왔다. 3007호 쪽으로 걸어가는데 뒤에서 문을 열고 나와 쳐다보는 시선이 느껴졌다. 수상하겠지. 수상할 거야. 아마 내가 코너를 돌아 시야에서 사라지면, 태선에 전화를 걸겠지?

하지만 오늘은 토요일이다.

회사가 명실상부한 업계 1위로 올라서고, 도청 및 몰카 방지 시장이 가파르게 성장하면서 태선의 창업자이자 사장인 이효균 대표는 조직 구조를 대대적으로 정비하기 시작했다. 연구소가 신설됐고 영업팀과 서비스팀이 분리됐고 고객센터가 마련되었다. 가장 중요한 변화는 직원들의 근무시간이었다. 의뢰가 들어오면 건당 대응하며 휴일도 없이 일하던 주먹구구식 시스템에서 철저한 주 5일, 40시간 근무로 전환한 것이 작년. 우수 인재를 끌어들이기 위한 체질 변화였는데 이쪽 '음지'에서는 흔치 않은 일이라 꽤 화제가 됐다. 그러므로 서노아 연습생의 소속사 직원이 아무리 태선에 전화를 걸어도 그들은 받지 않을 것이다. 토요일 저녁이니까. 물론 직통 핫라인이 연결되어 있는 의뢰도 더러 있지만 E대표의 감으로는 서노아가 거기까지 돈을 썼을 것 같지는 않았다. 입원실에 비치된 도청 방지 장치가 구형인 걸 보고 확신했다. 우선순위가 높지 않은 의뢰라는 얘기였다.

그렇다면 주어진 시간은 일요일까지 딱 하루. 태선에서 늑장을 부려준다면 월요일 오전까지. 그사이에 도청으로 승부를 보겠다는 전략이었다. 뭐라도 걸려야 할 텐데. 장인혜 PD에게 받은 착수금을 이미 다른 작전에 쓴 터라 E대표는 조금 초조했다.

"아!"

엘리베이터를 타고 내려가다가 E대표가 문득 탄성을 질렀다. 함께 타고 있던 사람들이 힐끔대자 모른 척하며 모자를 깊이 눌러썼다. 묵혀두었던 기억 하나가, 떠올랐다.

4년 전. 재벌 후계자의 생일 파티를 도청해달라는 의뢰가 있었다. E대표가 직접 주류 납품 업체 직원으로 위장해 비공개 클럽에 들어갔다. 바닥에 도청기가 부착된 양주병을 궤짝째로 내려놓고 뒷문으로 빠져나가는데 누군가와 부딪혔다. 가까스로 중심을 잡고 앞을 보니 눈썹이 스칠 것 같은 거리에 오똑한 코가 보였다. 윤기 나는 피부와 젤리 같은 입술과 쏟아질 것처럼 커다란 눈도 보였다. 오른쪽 눈 흰자위에 위치한 희미한 점 하나. 서노아 연습생. 그는 웨이터 유니폼을 입고 있었다.

E대표는 기억을 곰곰이 되짚었다. 그때 파티를 열었던 재벌가가 분명…… TM그룹이었는데.

일요일 아침, 도재선 CP가 〈디 아이돌 특별 편:소년 단죄〉 마지막 회차인 5화 제작을 승인했다. 임의현 연습생은 하차, 서노아 연습생은 참석 의사를 밝혀왔다. 방송 일자는 6일 뒤인 금요일 저녁 9시 반, 생방송이었다.

22

나만 믿어요

예전부터 프리랜서 방송 작가와 스태프 들이 모인 인터넷 카페에는 〈디 아이돌〉 시리즈 구인 광고가 자주 올라왔다. 그만두는 사람이 많다는 뜻이었다. 원체 평판이 최악이었다. 시즌 1부터 3에 이르기까지, 제작진과 스태프 들을 '갈아 넣어' 퀄리티를 뽑아낸다는 악명이 자자했다. 〈디 아이돌 특별 편:소년 단죄〉는 그 악명을 가뿐히 갱신했다. 1화부터 5화까지 모든 회차 콘셉트가 서로 다른 데다가 이해관계자는 한 트럭이고 일정은 전부 초치기, 이 아찔한 상황이 만들어낸 극악의 노동 조건은 훗날 방송 노동자 처우 개선 이슈가 나올 때마다 최악의 사례로 거론되며 오래도록 회자되었다. 제작2팀이 위치한 TM미디어 빌딩 26층에는 접이식 매트와 담요가 구호 물품처럼 깔려 있었다. 아침마다 컵라면과 에너지 드링크가 새롭게 탑을 쌓았다가 새벽이 되면 사라졌다. 목 베개와 수면 양말이 노트북과 태블릿 사이를 굴러다녔다. 이 재해지 같은 제작 현장에서 손희정 메인 작가와 장인혜 PD가 격돌했다. 어제 3일 만에 집에 들어가 돌쟁이 딸이 자는 얼굴을 문지방 너머에서 보고 속옷과 양말을 챙겨 주말 출근을 한 손희정 작가는 단단히 화가 나 있었다.

"6일 뒤에 생방송이라고요?"

"네."

"농담하시는 거죠? 준비가 하나도 안 됐잖아요. 지금부터 기획 회의 들어가도 완전 답이 없는 거 아시잖아요."

피로가 누적된 손희정 작가의 눈에는 실핏줄이 터져 있었다. 빨간 눈을 희번덕거리며 대거리를 하는 손 작가 옆에서 유호성 PD는 속으로 파이팅을 외쳤다. 하지만 장인혜 PD는 역시 강했다.

"내 머릿속에 다 있어요. 손 작가. 나만 믿어요."

꽤 시간이 흐른 뒤에 밝혀진 이야기지만, 투표 조작과 불법 도박 연루, 경찰 유착, 웹하드 카르텔 등 〈디 아이돌 특별 편:소년 단죄〉는 요약 정리를 위한 인포그래픽이 필요할 정도로 많은 사건과 연루되어 있었다. '장인혜 게이트'라는 단어가 기사에 오르내리고 '장인혜가 쏘아올린 작은 공'이라는 말장난이 유행할 정도로 그 중심에는 장인혜 PD가 있었으며 수사기관과 언론도 그를 정조준했다. 그러나 이에 대한 비판도 많았는데, 문제가 된 원인을 PD 개인의 일탈로 돌리며 대기업인 TM그룹과 TM 미디어가 꼬리 자르기에 들어갔다는 것이다.

유호성 PD 역시 모든 과오를 개인에게 돌리는 회사의 태도에 불만을 가지고 있었다. 다만 〈디 아이돌〉 시리즈 전체가 메인 PD 장인혜가 가진 역량에 전적으로 기대어 흥한 프로그램이었다는 사실은 부인할 수 없다고 했다. 5화는 개중에서도 장인혜 PD의 의지가 가장 강하게 반영된 회차라고 할 수 있다.

"베끼자."

내용은 중요하지 않다고 장인혜 PD는 말했다.

"생방송 문자 투표가 종료될 때까지 시간을 벌어줄 콘텐츠만 있으면 돼."

유호성 PD는 가끔 자신이 만드는 프로그램이 징그럽게 느껴질 때가 있다고 했다. 분명 어떤 과정을 통해 만들어졌는지, 누구의 손길이 들어갔는지 뻔히 아는데도 프로그램이 마치 스스로 살아 움직이는 것처럼 보이는 순간에 그런 느낌이 든다고 했다. 〈디 아이돌 특별 편:소년 단죄〉 마지막 화가 제작되는 과정을 지켜보며 유호성 PD는 소름이 자주 돋았다. 그는 이 프로그램이 징그러울 뿐만 아니라 무서웠다. 독자적인 생명력을 갖게 된 이 쇼가, 멈추는 법도 아파하는 법도 잊은 채 사방팔방에 피를 튀기고 내장을 흘리며 파국으로 달려가는 모습이, 정말로 끔

찍했다고 했다.

　경기도 성남시 분당구에 위치한 작은 카페 '인:'의 문이 열렸다. 캔버스 재질의 앞치마를 입은 전미성(가명, 27세)이 가게 앞에 세워둔 입간판을 안으로 집어넣었다. 테이블을 정리하고 있는데 종이 울렸다.

　"들어가도 되죠?"

　"죄송해요. 지금부터 대관이라서."

　그렇게 서너 팀을 보내고 아예 문에 'closed'를 걸었다. 평소라면 손님으로 가득 찼을 금요일 저녁이었지만, 오늘은 공간을 빌려주기로 했다. 평소 매출의 두 배에 달하는 대관료를 받았다. 예약을 한 조서현(가명, 36세)이 커다란 더플백을 지고 양손에 에코백을 든 채 카페에 들어왔다. 정확히 8시. 약속한 시간이었다.

　"아홉 명 맞으시죠. 인원수대로 와인잔 준비되어 있고요. 이쪽에 핑거 푸드랑 접시요. 있는 것만 안 건드리시면 디피는 어디든 하셔도 상관없고 가실 때 꼭 다 치워주셔야 되고요. 여기 멀티탭 끄는 것도 기억해주세요."

　"네네."

　"나가실 때 문자 하나 주세요."

　주의 사항을 꼼꼼히 듣는 조서현의 얼굴에는 팔자 주름이 도

드라져 있었다. 전미성은 예약자가 생각보다 어리지 않다는 것을 알고 조금 의외라는 생각을 했다. 하긴, 대관료만 해도 학생이 감당하기는 어려운 금액이었다. 요즘 아이돌 팬들은 나이를 가리지 않는다더니. 생각해보면 이따금 카페에 좋아하는 아이돌의 생일을 맞아 컵홀더 이벤트나 전시회를 제안해오는 전화 속 목소리도 그다지 앳되지는 않았던 것 같다.

무심결에 또 카페 생각을 하고 말았네. 지하철로 걸어가던 전미성이 생각을 지워내겠다는 듯이 머리를 털었다. 자영업자에게 자유로운 금요일 저녁이란 황금과도 같았다. 오늘을 즐겨야 했다.

전미성이 나간 카페에서 조서현은 꾸려온 짐을 조심스럽게 풀었다. X배너를 문간에 세우고 액자로 벽면을 빼곡히 채운 후 미니어처 등신대가 달린 가랜드를 걸고 드라이플라워 장식을 덧붙였다. 향초에 불을 붙이고 테이블마다 카드를 올렸다. 빔 프로젝터와 노트북을 연결해 영상을 틀고 나니 사람들이 하나둘 들어오기 시작했다. 새로운 이가 들어올 때마다 손깍지를 껴가며 기꺼워하는 얼굴들이 맑고 환했다. 자리에 앉아서는 모두 약속이라도 한 듯 카페를 둘러보며 그렁그렁한 눈빛을 했다. 정성 가득한 장식에 감탄하고, 사진을 보며 입에 침이 마르도록 칭찬을 하고, 저마다 챙겨온 인형, 인화 사진, 핀배지, 키링, 스티커

등을 꺼내 자랑을 하고 나누며 인증 사진을 찍었다. 화기애애하고 들떴던 분위기는 시간이 9시를 넘기면서, 정확히는 9시 반이 다가오면서 조금씩 차분해지기 시작했다.

카페에 모인 조서현 외 8인은 죽은 양준우 연습생의 팬으로, '양준우 사건 진상위원회'를 구성하는 핵심 멤버들이었다. 그들은 오늘 〈디 아이돌 특별 편:소년 단죄〉 최종 화를 함께 시청하고 이후 대책을 논의하기 위해 만났다.

"우리의 역할은 이제부터라고 생각해요. 모든 진실이 밝혀질 때까지 절대 포기하지 않을 거예요."

조서현이 인터뷰 중에 데스크 위에 놓인 액자를 응시하며 말했다. 밝게 웃으며 허공에 팔을 뻗고 있는 양준우 연습생 사진이 들어 있었다. 그가 액자에 손가락을 갖다 댔다. 손을 마주 잡는 것처럼.

인터뷰 장소는 조서현의 변호사 사무실이었다. 직업적 특성 때문에 조서현은 자연스럽게 진상위원회의 구심점으로 활동하고 있었다. 이혼 후 무기력감에 시달리던 중, 우연히 양준우 연습생의 무대 영상을 보고 인생이 바뀌었다고 했다. 2차 경연 무대 때 운명처럼 관객 평가단에 선발이 됐고, 살아 움직이는 양준우 연습생을 보았다. 처음이자 마지막이었던 그날을 영원히 잊을 수 없을 거라고 조서현은 말했다.

"짧은 시간이었지만 너무 많은 걸 내게 주고 간 그 친구에게, 제가 할 수 있는 최선의 노력을 다하고 싶어요."

조서현과 일행이 정성스레 마지막 화 시청을 준비하고 있던 시각, 대중문화 평론가 이지혜는 서울시 용산구 후암동에 있는 한 스튜디오에서 팟캐스트 녹음을 마치고 마을버스 정류장으로 종종걸음을 치고 있었다. 녹음이 예상보다 늦게 끝나 발걸음이 급했다. 4개월 전 시작한 이 팟캐스트는 전 연예부 소속 황남희 기자와 이지혜 평론가가 진행하는 대중문화 뒷담화 콘셉트 방송으로 최근 구독자 수 5만 명을 돌파하며 안정적으로 인기를 모으는 중이었다. 오늘 녹음한 주제는 연예계 마약 카르텔이었는데 황 기자가 취재를 워낙 오래 한 분야라 시간이 생각보다 길어졌다. PD가 엔딩만 한 번 더 녹음하자고 말하자 이지혜 평론가와 황남희 기자가 동시에 외쳤다.

"안 돼요! 오늘 소년 단죄 막방 한다고요!"

PD가 깜빡했다며 미안해했다. 집이 인근 해방촌인 황 기자는 늦진 않겠다며 여유를 부렸고 이지혜 평론가는 마음이 타들어갔다. 마을버스가 도무지 오질 않아 택시를 불렀지만 금요일 밤이라 콜도 어려웠다. 이지혜 평론가는 집에서 감자칩과 맥주를 마시며 방송을 보겠다는 당초의 계획을 철회하고 지하철역 쪽으로 뛰기 시작했다. 역 주변 패스트푸드점 2층에 자리를 잡고 모바일로 시청하려는 생각이었다. 내리막길을 뛰어 내려가는데 신발이 덜그덕거리고 숨이 턱까지 차올랐다. 그래도 멈출 수 없었다. 대중문화 평론가라는 이름을 달고서 이 기념비적인 순간을 놓칠 수는 없는 노릇이었다. 이지혜 평론가는 직감하고 있었다. 한국 미디어는, 아니 한국 사회는, 오늘의 방송을 오래 기억할 것이다. 기억할 수밖에 없을 것이다.

　TM그룹의 지주회사 (주)TM의 미래기획본부장 강호철은 30분째 광화문 TM빌딩 38층에 위치한 회장실 앞에서 서 있었다. 그의 손에는 내년도 TM그룹 계열사 간 지배 구조 개편안이 들려 있었다. 스물아홉 번째 수정이었다. 내일부터 이민규 회장이 베이징에서 열리는 한중정상회담 특별수행단에 참석하기 때문에 오늘을 놓치면 이사회 일정을 맞출 수 없을지도 몰랐다. 강호철 본부장이 초조하게 한쪽 다리를 떨자 옆에서 보고 있던 비서가 의자를 갖다줬다. 거들떠보지도 않고 강 본부장은 회장실 문이 열리기만을 애타게 기다렸다. 스케줄에 따르면 9시 반까지 미팅이 있고 이후 11시 반까지 두 시간 동안은 '개인 일정'이 있다고 했다. 미팅과 '개인 일정' 사이를 파고들어가 딱 10분을 확보하는 것이 그의 목표였다. 운이 좋게도 28분에 회장실 문이 열리더니 한 사람이 나왔다. TM전자 CFO였다. 강호철 본부장이 허리를 꾸벅 접으며 길을 텄다. 비서가 먼저 들어가 용건을 전하더니 손짓을 했다. 강호철 본부장이 화색을 띠고 회장실 안으로 발을 디뎠다.

이민규 회장은 넥타이 없는 정장 차림으로 소파에 앉아 있었다. 일과가 다 끝났다고 생각했는지 와이셔츠 단추 두어 개를 풀어놓았다. 돌아보는 얼굴에 피로감이 묻어 있었다. 강호철 본부장은 자기보다 열네 살 어린 젊은 회장에게 정중히 고개를 숙였다.

"계열사 지배 구조 개편안입니다. 지난번에 말씀하신 내용 반영하였습니다. 형광펜으로 표시한 부분입니다."

"줘보세요."

이민규 회장이 개편안을 들여다보고 있는 동안 강호철 본부장의 시선이 벽면에 걸린 TV에 닿았다.

"이대로 합시다."

개편안을 다시 받아들며 강호철 본부장이 미소 지었다.

"회장님도 이 프로그램 챙겨 보십니까? 요즘 굉장히 화제더라고요. 이사윤 대표가 수완이 좋다고 칭찬이 아주 자자합니다."

TV에서는 음료 광고가 나오고 있었고 우측 상단에 '〈디 아이돌 특별 편:소년 단죄〉 5화 -생방송-'이라는 글자가 떠 있었다. 이민규 회장이 테이블에 놓인 접시에서 캐슈너트를 집으며 대답했다.

"그럼요. 동생이 아주 사활을 걸고 있던데 오빠가 챙겨 봐야죠."

음료 광고가 끝나고 색조 화장품, 토익 학원, 모바일 게임과 배달 애플리케이션 광고를 거쳐 드디어 본방송이 시작됐다. 첫 장면은 마이크를 들고 있는 연습생 아홉 명으로 시작됐다. 조명을 등지고 서 있어서 한 명 한 명의 표정을 읽기가 어려웠다. 이윽고 1화에 나왔던 양준우 연습생 추모곡 〈너의 미래〉 전주가 흘러나오기 시작했다.

23

진심으로 저열해질 각오를 했구나

처음 만난 순간을 기억해

하얗게 번지던 너의 미소

귀여운 보조개 근사한 목소리

마이크를 잡은 오른손

삐쭉 튀어나온 새끼손가락

약속하듯 위로 향하던

서툴러서 그저 서툴러서

할 수 있는 거라곤 그저 진심만이

꿈을 위한 서로의 기도만이

전부였던 그날들 전부였던 그 시간

나의 친구였던 너를

나의 힘이었던 너를

나의 너를

잊지 못할 거야

너의 웃음 너의 꿈 너의 미래

잊지 않을 거야

너의 웃음 너의 꿈 너의 미래

영원히 기억할게 너를

긴장감과 비장함 속에서 추모곡이라기보다는 흡사 전쟁터로 향하는 출정곡 같았던 〈너의 미래〉 무대가 끝났다. 카메라가 MC석을 비췄다. 군더더기 없는 브리오니 클래식 슈트를 입은 강혜성이 조금 긴장한 기색으로 오프닝 멘트를 시작했다.

"〈디 아이돌 특별 편: 소년 단죄〉 5화를 아홉 명의 연습생들이 감동적인 무대로 열어주셨습니다. 숨 가쁘게 달려온 지난 시간을 뒤로하고 소년 단죄는 오늘 드디어 최종 화를 맞이하게 되었습니다. 여러분, 아쉬우신가요?"

객석에서 웅성거리는 소리가 들려왔다.

"네. 저도 너무 아쉬운데요. 하지만 마지막이기에 더욱 특별한 날로 기억될 것 같습니다."

그리고 낮아지는 톤.

"이제, 우리는 더 이상 물러설 수 없습니다. 양준우 연습생을 죽음으로 몰고 간 범인을 찾아내는 최후의 기회가 바로 여러분, 지금 방송을 보고 계시는 국민 배심원님들께 주어집니다. 지금부터 설명드릴 실시간 투표 방법을 유심히 들으시고 여러분이 생각하는 범인에게 꼭 투표해주세요. 양준우 연습생의 억울한 죽음에 얽힌 비밀을 풀어줄 열쇠는, 오직 여러분의 손안에 있습니다."

문자 투표 번호와 투표 방법에 대한 설명이 이어졌다. 번호당 한 번의 문자만 집계, 연습생 아홉 명에게 가나다순으로 부여된 번호를 적거나 이름을 쓰면 된다. 두 가지를 다 적어도 유효. 단 별명이나 성을 뗀 이름만 보낼 시에는 무효 처리. 백 원의 정보 이용료는 전액 소아암재단에 기부된다.

"그럼 카운트다운 이후 투표를 시작합니다. 5, 4, 3, 2, 1, 스타트!"

중계차에서 모니터를 주시하고 있던 장인혜 PD가 카운트다운이 끝남과 동시에 VCR 영상이 송출되는 것을 확인하고 수그렸던 상체를 뒤로 물렸다. 오늘 준비된 VCR은 두 가지였다. 지금 나오는 첫 번째 영상은 20분 전에 가까스로 편집을 끝냈고 후반부에 나올 두 번째 영상은 현재 TM미디어 편집실에서 유호성 PD가 마무리 작업을 하고 있었다. 장인혜 PD가 오른쪽 어깨를 주무르며 잠시 심호흡했다. 엿새 동안 하루 서너 시간 남짓

회의실 바닥에서 쪽잠을 잔 게 고작이었지만 이상하게 정신이 말똥했다. 오히려 상쾌한 기분마저 들었다. 장인혜 PD는 그런 사람이었다. 위급하고 불리한 상황이 닥치면 오히려 피가 끓었다. 타고난 승부사나 다름없었다. 정작 진짜 도박을 할 때는 운이 따라주지 않았지만.

이번 화만 무사히 끝내면 빚도 도박도 인생에서 지워버려야지. 장인혜 PD가 다짐하는 사이에 인이어를 통해 문자 투표 집계를 담당한 손희정 작가의 목소리가 들렸다.

– 집계 시작됐습니다. 시즌 2 막방 추이와 비슷합니다.

지난 월요일 오전, 〈디 아이돌 특별 편: 소년 단죄〉 5화에서 생방송 투표로 최종 범인을 가린다는 소식이 들려오자 연습생의 팬들은 바쁘게 움직이기 시작했다. 그리고 다음 날, 서노아 연습생과 임의현 연습생을 제외한 8인 연습생 팬들이 연합을 결성하여 공동성명을 발표했다. 공동성명의 핵심 내용은 서노아 연습생에게 몰표를 던지겠다는 것이었다.

그들은 4화의 거짓말 테스트 결과로 미루었을 때 '서노아 연습생이 사건에 대한 진실을 알고 있으면서도 의도적으로 이를 은폐하고 있다는 합리적인 의심'이 든다고 주장했고 '모쪼록 사건의 전말을 투명하고 명명백백하게 밝'혀내서 '더 이상 무고한 연습생들이 고통 받는 일이 없'기를 기원했다. 이후 임의현 연습생 팬카페가 이에 대한 추가적인 지지를 표명하면서 결속력이 증폭되었다.

8인 팬 연합에서는 공동 모금을 통해 세 시간 만에 목표액 5백만 원을 모았고, 이 돈으로 서노아 연습생에게 투표를 호소하는 포스터와 유인물을 만들어 온·오프라인으로 유포하는 한편, 생방 당일 문자 투표를 인증하는 사람들에게 대규모 커피 및 치킨 기프트콘 이벤트를 열 것을 예고했다. 이 단호하고도 뜨거운 행동력을 언론사들이 앞다투어 기사화하면서 여론이 한쪽으로 몰리기 시작했다.

이에 저항하는 서노아 연습생 팬들의 행보는 다소 소극적이었다. 다른 연습생 한 명을 찍고 총력 투표를 해야 한다는 의견이 나왔으나 누구로 여론전을 펼칠지에 대해 의견이 엇갈렸다. 성폭행 의혹으로 '국민 쌍놈'에 등극한 한율 연습생, ㅁ사이트 논란이 있었던 이하성 연습생, 유독 '주는 것 없이 싫다'며 안티가 많은 권희종 연습생이 거론되었고 같은 소속사인 데다가 그룹 활동도 함께했으면서 하등 보탬이 안 된다는 괘씸죄로 제이든 연습생의 이름도 오르내렸다. 갈피를 잡지 못하고 우왕좌왕하던 와중에 8인 연합 측 공세로 점차 1위는 서노아 연습생이 당연하다는 분위기가 만들어졌다. 대응을 포기한 팬들은 모든 게시글 말머리를 '노아야 사랑해'로 통일시키며 서로를 다독였다.

제작진이 이런 상황을 모를 리 없었다. 어느 정도는 예견했던 일이기도 했다. 서노아 연습생의 1위가 거의 확실시되면서, 장인혜 PD는 깊은 고민에 빠졌다. 투표 결과가 뻔한 상황이라 그걸로 두 시간 남짓한 생방을 끌고 가기에는 힘이 달렸다. 다른 화두가 필요했다. 장고 끝에 장인혜 PD는 아예 처음부터 전체적인 서사를 서노아 연습생에게 몰아주고, 대신 투표로 1위가 된 그가 거짓말 탐지기 앞에 설 다른 연습생으로 누구를 택할지를 긴장감 있게 조명하는 쪽으로 방향을 정했다. 이러한 연출 노선은 첫 번째 VCR에 고스란히 반영됐다.

영상은 낡고 허름한 계단을 걸어 올라가는 발걸음 소리와 함께 시작된다. 노이즈가 섞인 저화질, 수평이 기울어진 앵글, 모자이크 처리가 된 테이블 너머의 사람. 탐사 보도의 잠입 취재를 연상시키는 화면이었다. 모자이크 처리가 된 화면 속 사람이 입을 열었다. 음성변조는 없었다.

"왜 죽은 사람 사주를 가져와?"

– 베끼자.

유호성 PD는 5화를 기획하면서 장인혜 PD가 한 말이 설마 진담일 거라고 생각하진 않았다. 하지만 현실이 됐다. 이 첫 번째 VCR 영상은 SBS 탐사 보도 프로그램 〈그것이 알고 싶다〉 345화 '사주팔자 어디까지 믿어야 하나'의 포맷을 완전히 동일하게 가져왔다.

"아이고. 단명 사주야. 게다가 올해 큰 횡액 수가 있어. 부적을 큰 걸 쓰든지 굿을 하든지 안 그러면 총각 인생, 답이 안 나와."

잠입 촬영에는 3차 순위발표식에서 방출된 K&M 정지호 연습생이 동행했다. 제작진은 유명 명리학자들을 수소문하여 죽은 양준우 연습생 사주를 마치 정지호 연습생의 것인 양 보여줬다.

"여자들한테 아주 인기가 있네. 성적으로 매력이 많아. 이런 사주가 연예인을 하지. 근데 이혼 수가 있어. 빨리 결혼할 생각 말고 30대 후반은 넘겨야 해."

"위장 계통이 안 좋아. 소화가 잘 안 될 거야. 그래도 건강한 편이야. 말년까지 건강 운이 대체로 좋아."

"창의적인 일을 하면 좋지. 젊었을 때는 남의 돈 받아서 일하다가 마흔셋 이후에 자기 사업 하겠네."

제작진이 방문한 명리학자 아홉 명 중 일곱 명은 스물한 살에 절명한 양준우 연습생의 사주에서 존재할 수 없는 미래를 읽어 냈다. 경기도 판교의 카페에서 '양준우 사건 진상위원회' 회원들과 같이 방송을 시청하던 조서현은 이 부분에서 갑자기 눈물이 났다고 했다. 30대 후반에 결혼을 해서 40대에 자기 사업을 하고 말년까지 건강 운이 좋을 수도 있었던, 이제는 세상에 없는 양준우 연습생의 수많은 가능성들이 심장을 짓눌러왔다고 했다. 같은 자리에 있던 회원들도 마찬가지였는지 여기저기서 훌쩍이는 소리가 들려왔다. 손에서 손으로 냅킨이 전달됐다. 테이블 위에서 낮게 흔들리고 있는 향초 때문일까, 그 모습은 흡사 지하 묘지에서 벌어지는 비밀 예배처럼 엄숙하고 숭고해 보이기까지 했다.

제작진은 최종적으로 양준우 연습생 사주에서 큰 횡액을 짐작하고 단명을 예측한 두 명의 명리학자를 추려냈다. 그리고 이 명리학자들에게 아홉 명 연습생의 생년월일시를 주며 '가장 범인 같은' 사주를 3순위까지 뽑아달라고 했다. 패스트푸드점 2층에서 밀크셰이크를 마시며 핸드폰으로 방송을 보고 있던 이지혜 평론가는 이 부분에서 공공장소인 것도 잊고 소리 내서 웃어버렸다고 한다.

"저만 웃겼어요? 이건 뭐 K-샤머니즘이라고 불러야 될까요? 얘네 작정했구나 싶었죠. 체면 차릴 생각이 조금도 없구나. 진심으로 저열해질 각오를 했구나."

명리학자들이 종이에 뜻을 알 수 없는 글자를 적는 장면이 빠르게 지나가고, '사주로 본 유력 용의자 TOP 3, 지금 바로 공개됩니다!'라는 예고와 함께 영상이 끝났다. 이어서 강혜성이 원숏을 받았다. MC석이 아니라 연습생 대기석으로 자리를 옮긴 상태였다. 강혜성이 뒤에 있던 안민영 연습생에게 물었다.

"누구 사주가 제일 범인 같을까요?"

예상치 못한 질문이었는지 안민영 연습생이 화들짝 놀랐다.

"어…… 어…… 그게……."

필사적으로 주위 눈치를 보는 와중에도 애써 입꼬리를 올리는 얼굴이 애처로웠다. 시간이 지체되자 강혜성이 말을 돌렸다.

"예상하기가 너무 어렵죠. 저도 정말로 깜짝 놀랐는데요. 그 충격적인 결과, 지금부터 공개하도록 하겠습니다."

10년의 경력이 무색하지 않은 천연덕스러운 진행에 중계차에서 장인혜 PD는 안도의 한숨을 내쉬었다.

"3위!"

연습생들의 긴장한 얼굴을 카메라가 두서없이 비추고 있는데 스크린에 명리학자가 다시 등장했다. 체셔 고양이처럼 얼굴이 커다랗게 편집되어 둥둥 떠다녔다.

– 화가 내면에 아주 많아. 이런 사주가 혼자 참다가는 정신병에 걸리고, 밖으로 발산하면 남에게 피해를 줘.

"내면에 화가 많은 타입, 미라플래닛 한율 연습생이 3위!"

– 심성은 착한데 주변에서 가만히 두지 않네. 인생에 부침이 많아. 특히 올해가 문제네. 하늘까지 올라갔다가 바닥으로 떨어질 운세야.

"인생의 부침이 많은 우리기획 류찬영 연습생, 2위! 그리고,

대망의 1위는?"

    – 청년기에 역경이 많아. 올해만 무사히 넘기면 이제 좀 살 만

할 텐데 그게 쉽지 않을 거야. 아주 단단히 걸렸어. 남을 해치

고 자칫 나도 함께 해칠 운이네. 절벽 위야 지금.

"절벽 위에 핀 꽃, 라임엔터테인먼트 서노아 연습생!"

서노아 연습생은 그저 옅게 미소를 지었다. 카메라가 객석에

서 있는 어느 중년 여자를 잡았다. '노아야 사랑해'라고 적힌 슬

로건을 들고 있는 그 여자는 죄지은 사람처럼 몸을 옹송그리고

울고 있었다. '엄혜경, 서노아 연습생의 어머니'라는 자막이 짧

게 떴다 사라졌다.

강혜성이 서노아 연습생을 인터뷰하기 위해 가까이 다가갔다.

"소감이 어떠세요?"

"앞으로 더 열심히 조심히 살겠습니다."

"방송 전부터 서노아 연습생이 유력한 1위 후보로 거론되고

있는데요. 만약 1등으로 뽑히면 누굴 범인으로 지목할지 생각

해보셨어요?"

곤란한 듯 서노아 연습생이 고개를 뒤로 뺐다. 강혜성이 지지

않고 마이크를 그의 코앞으로 들이대며 채근했다.

"초성이라도. 초성 한 자라도."

"아…… 저……."

서노아 연습생이 눈을 열심히 굴리며 도와줄 사람을 찾다가 이내 체념하곤 작게 중얼거렸다.

"히웅, 이요."

"히웅이요?"

카메라가 한율, 이하성, 권희종 연습생의 굳은 얼굴을 차례로 비췄다.

24

토할 것 같은 냄새가 나요

장인혜 PD가 초조하게 시간을 확인했다. 지금쯤 두 번째 VCR 송출 준비를 마쳐야 하는데 유호성 PD에게 연락이 없었다. 초조한 듯 잔머리를 쓸어올리는 장인혜 PD의 손길에 짜증이 묻어 있었다. 그러면서도 눈은 모니터에서 떨어지지 않았다. 2번 카메라가 이하성 연습생이 생양파를 먹는 모습을 담고 있었다.

"엄청 매웠죠."

당시를 회상하며 이하성 연습생이 얼굴을 잔뜩 구겼다.

"근데 PD님이 최면에 아무도 안 걸리면 분량이 안 나오니까 연기라도 해달라고 했어요."

첫 번째 VCR이 끝난 후, 제작진이 생방을 위해 야심차게 준비한 '최면 조사' 코너가 시작되었다. 최면 조사는 목격자나 피해자에게 최면을 유도해 무의식에 자리 잡은 기억을 이끌어내는 조사 기법이다. 제작진은 자막을 통해 경찰 자문을 받아 실제 통용되는 조사 수칙에 맞춰 진행했다, 라고 밝혔으나 출연자인 최면술사 정용식 소장의 말은 달랐다.

"수칙 같은 건 없었는데요? 그냥 재미있게 해달라고 했어요."

한국행복최면연구소를 운영하며 최근에는 최면 유튜버로도 활동 중인 정용식 소장은 이전에도 여러 TV 프로그램에 출연한 경력이 있는 유명 최면술사다. 그러나 경찰의 최면 조사에 협조한 경험은 없었다. 최면 조사가 범죄 수사에 도입됐던 초반에는 외부 전문가를 초빙하는 일도 더러 있었으나, 요즘엔 전문 수사관이나 프로파일러가 맡는 게 원칙이라고 했다. 정용식 소장은 본인이 진행했던 〈디 아이돌 특별 편:소년 단죄〉 5화의 최면 조사는 수사 기법이라기보다는 대본을 전제로 한 일종의 퍼포먼스로 봐달라고 당부했다.

생방송의 위험 부담을 최소화하기 위해 제작진과 정용식 소장은 사전 미팅을 갖고 최면에 잘 걸리는 연습생들을 미리 추려내는 작업을 했다고 한다.

"암시 반응성이라고 불러요. 어떤 암시에 반응하는지가 사람마다 다르거든요. 이런 쇼 프로그램에서는 보통 청각이나 시각적 암시를 많이 써요. 극적인 효과가 있으니까요. '레드썬'이나 촛불 흔들기 같은 거. 그런 시각적 암시에 잘 반응하는 친구들을 미리 뽑아놓은 거죠."

그 결과 안민영, 정서준, 권희종, 이하성 연습생이 선발됐다. 네 명의 연습생들은 생방 무대에 올라 PPL로 들어온 하얀색 안마 의자에 누웠다. 이하성 연습생이 첫 순서였는데, 꼭 걸려야 한다는 압박감에 오히려 정신이 또렷해지는 바람에 어쩔 수 없이 연기를 했다고 한다. 최면에 걸렸는지 확인해본다며 정용식 소장이 손에 쥐여준 양파를 사과처럼 맛있게 먹은 후, 사건 당일 기억에 대해 생각나는 대로 아무거나 늘어놓았다고.

다음 차례였던 안민영 연습생은 정말 최면에 빠져든 것인지, '당신은 지금 양준우 연습생이 죽은 현장에 있습니다'라는 유도 문을 듣자마자 펑펑 눈물을 쏟았다. 하지만 그날 먹은 아침 메뉴 를 자세하게 기억해낸 것 외에 별다른 수확은 없었다.

정서준 연습생은 최면 상태에 돌입하자마자 서노아 연습생 에 대한 세밀한 정보를 쏟아내기 시작했다. 그의 머리 스타일, 표정, 옷차림, 자세, 신발 사이즈, 신발 끈이 묶인 모양, 오른손 검지 손가락 두 번째 마디에 감겨 있던 밴드, 그 밴드가 이틀 전 부터 그 자리에 붙어 있었던 것……. 관객석에서 감탄인지 야유 인지 모를 탄성이 터져나왔다. 정서준 연습생이 라이벌인 서노 아 연습생을 얼마나 의식했는지를 알 수 있는 장면이었다. 이윽고 정서준 연습생은 서노아 연습생이 문제의 곤약 젤리가 들어 있던 간식 상자에 다가가는 모습을 묘사하기 시작했다. 순간 공개 홀에 긴장감이 돌았다. 그러나 안타깝게도 그의 묘사는 2화에서 공개된 CCTV 영상을 말로 설명하는 수준에 그쳤다.

마지막 순서인 권희종 연습생은 최면 상태에서 간식 상자에 대해 매우 구체적인 정보를 제공해주었다.

"노란색 상자가 여섯 개. 보라색 곰돌이 얼굴이 중앙에 그려져 있어요. 가장자리에 흰색 레이스 장식이 달렸어요. 말이랑 호박 마차랑 크리스마스에 먹는 막대 사탕이랑 빨간 리본이랑 구슬이랑 별이랑 푸들이랑…… 그리고 상자 위에는 분홍색 메모지가 붙어 있어요. 메모지에는 이름이 하나씩 적혀 있어요. 이하성, 류찬영, 정서준, 서노아, 양준우, 권희종. 뚜껑을 열면 반짝거리는 종이가 깔려 있고 그 위에 곤약 젤리랑 민트 초콜릿, 에너지바, 홍삼 영양제, 그리고 자두 사탕이랑……."

권희종 연습생이 간식 상자에 들어 있던 제품들을 떠올리는 동안 강혜성은 MC석에서 인이어에 귀를 기울이고 있었다. 장인혜 PD로부터 지시가 내려왔다. 다음 코너에 송출할 VCR 편집이 끝나지 않았으니 최면으로 시간을 더 끌어달라는 요청이었다.

유호성 PD가 퉁명스러운 말투로 당시 상황을 설명했다. 저도 모르게 욱하는 감정이 튀어나오는 모양이었다.

"렌더링 중에 뻑이 났어요."

그 소식을 듣고도 장인혜 PD는 놀랍도록 차분했다.

- 몇 분이면 돼?

"10분이요."

- 알았어.

평소라면 길길이 날뛰면서 이 새끼 저 새끼를 찾아야 마땅한데, 너무 조용하자 유호성 PD는 오히려 겁이 났다. 잘릴 때 잘리더라도 1층 카페에 쌓아둔 포인트는 꼭 쓰고 가겠다고, 유호성 PD가 경련이 이는 눈꺼풀을 손바닥으로 꾹꾹 누르며 다짐했다. 가물가물한 시야 속에서도 모니터에 뜬 상태 표시 창이 선명했다.

여러 사람의 애를 태우고 있는 이 VCR영상은 SBS 예능 프로그램 〈런닝맨〉 포맷을 베낀 추격전이었다. 사주, 최면 아이템이 먼저 정해진 뒤 분위기가 좀 무겁다는 피드백이 나와 밸런스를 맞추는 차원에서 말랑말랑한 스타일로 기획했다. 연습생들이 ㅈ연수원에 갇혀 등에 부착된 이름표를 뺏기 위해 서로 쫓고 쫓긴다. 정해진 시간 내에 가장 많은 이름표를 가진 연습생이 우승. 보상은 부모님의 깜짝 방문. 포옹과 눈물의 대단원까지. 클라이맥스로 가기 전 긴장을 풀어주는 용도로 나쁘지 않겠다 싶어 넣었는데, 막판에 편집 과정에서 이렇게 골머리를 썩일 줄은 몰랐다.

장인혜 PD가 5번 카메라에 사인을 보냈다. MC 강혜성의 얼굴이 모니터에 가득 들어왔다. 장인혜 PD가 중얼거렸다. 믿는다 강혜성, 보여줘라 강혜성!

"최면으로 살펴본 우리 연습생들의 내면. 정말 신비롭고 흥미진진하네요. 이대로 마무리하기가 너무 아쉬운데요. 관객 여러분, 혹시 더 보고 싶은 연습생이 있나요?"

퇴장할 준비를 하던 최면술사 정용식 소장이 눈을 커다랗게 떴다. 객석에서 여러 이름들이 동시다발적으로 쏟아졌다. 강혜성이 시간을 끌며 큐 카드를 내려다보았다. 아무것도 적혀 있지 않을 텐데, 마치 정해진 순서를 확인하는 듯한 제스처였다.

"서노아 연습생, 무대로 이동해주시겠어요?"

여기서 장인혜 PD는 감탄했다. 중계차가 조금만 더 넓었다면 제 무릎이라도 쳤을 것이다. 강혜성은 역시 방송을 안다. 퇴장하려고 구석으로 향하던 정용식 소장을 강혜성이 애교 섞인 목소리로 돌려세웠다.

"소장님. 우리 노아 한 번만 부탁드려요."

서노아 연습생이 의자에 앉았다. 정용식 소장은 고민에 빠졌다. 사전 미팅 때 서노아 연습생은 시각, 청각, 행동 암시 어떤 것에도 반응이 없었다. 최면에 잘 걸리지 않는 타입 같았다. 의자에 누워 자신을 바라보는 얼굴이 순하지만 어쩐지 고집스러워 보인다. 고민 끝에 정 소장이 서노아 연습생의 얼굴을 손바닥으로 가렸다. 남은 자극 중에 지금 바로 쓸 수 있는 것은 아마도.

"이제 담배 냄새를 맡으면 당신은 사건 현장으로 되돌아가게 됩니다. 담배 냄새를 한 번 더 맡게 되면 다시 현실로 돌아옵니다."

후각.

정 소장이 재킷 안주머니에서 담배를 꺼내 불을 붙이고 서노아 연습생 앞에서 흔들었다.

"당신은 지금 그날의 고통스러운 현장에 서 있습니다."

유도문을 읊은 후 정용식 소장이 서노아 연습생의 얼굴에서 손을 들어올렸다. 핏줄이 보일 만큼 얇은 눈꺼풀이 바르르 떨리고 있었다.

"뭐가 보이죠?"

"어둡고, 아주 시끄러워요."

정용식 소장은 순간 어지럼증을 느꼈다고 했다. 너무 놀랐기 때문이다. 정말 최면에 걸려들다니.

"거기서 당신은 뭘 하고 있죠?"

"일을 하고 있어요."

"무슨 일이에요?"

"서빙."

"거기가 어딘데요?"

"클럽."

이 기억이 아닌 것 같은데. 정 소장이 우물쭈물하자 강혜성이 뭐가 됐든 계속하라며 수신호를 보냈다.

"안에 뭐가 있나요?"

"이상한…… 토할 것 같은 냄새가 나요."

"냄새요? 좀 더 구체적으로 말해줄래요? 뭔가가 썩는 냄새인 가요?"

"잘 모르겠어요. 처음 맡아봐요."

"들리는 소리가 있나요?"

"음악."

그때 강혜성의 인이어에 또다시 장인혜 PD 목소리가 흘러 들어왔다. VCR 준비가 끝났다는 것이다. 5번 카메라에 빨간 불이 반짝였다. 원숏을 받은 강혜성이 서둘러 멘트를 던졌다.

"네. 지금까지 연습생들의 무의식을 들여다볼 수 있었던 흥미로운 시간이었습니다. 다음 순서입니다. 우리 연습생들이 시청자분들을 만나길 기다리며 합숙소에서 특별한 시간을 가졌다고 하는데요. 눈물과 웃음이 가득했던 소중한 시간, 지금 바로 영상으로 만나볼까요?"

VCR 영상 온에어. 스크린에 ㅈ연수원 전경이 펼쳐졌다. 장인혜 PD가 시간을 확인했다. 9분 딜레이. 이 정도면 양호하다. 참았던 숨이 터져나왔다. 긴장해서 저도 모르게 곧추세웠던 허리에 힘을 빼고 의자에 무너지듯 기댔다.

영상이 송출되면서 공개 홀 내부가 어두워졌다. 스태프들이 무대에 올라와 소품을 내리기 시작했다. 정용식 소장은 서노아 연습생의 최면을 풀기 위해 서둘러 다시 담배에 불을 붙였다. 서노아 연습생이 담배 연기에 깨어나 어리둥절해하며 대기석으로 돌아갔다. 정 소장은 그 뒷모습을 보며 어딘가 찝찝한 마음을 감출 수가 없었다. 그가 최면에 빠진 서노아 연습생에게 한 마지막 질문은 들리는 소리가 있냐는 것이었고 그는 '음악'이라고 대답했다. 방송에는 그렇게 나왔다. 그러나 정 소장은 이어지는 대답이 하나 더 있었다고 말했다.

"여자 비명 소리."

분명히 들었다고 했다. 다만 그때 마이크가 꺼지고 강혜성이 멘트를 시작해서 다른 사람들은 모를 수도 있다고 덧붙였다.

"좀 걱정됐어요. 쟤, 저렇게 둬도 괜찮은 걸까?"

이름표 뺏기 VCR 영상은 우승한 한율 연습생이 깜짝 등장한 부모님을 안고 서럽게 우는 장면으로 마무리되었다. 온갖 우여곡절을 겪으면서도 방송에서 한 번도 눈물을 보이지 않은 그였

기에 같은 시각 그의 팬 커뮤니티는 함께 오열하는 팬들의 'ㅜㅜㅜㅜ
ㅜㅜㅜㅜㅜㅜㅜㅜㅜㅜㅜㅜㅜㅜㅜ'로 뒤덮였다. 영상이 끝나자 카메라는
눈이 빨갛게 된 한율 연습생과 객석에서 서로 손을 꼭 맞잡은 그
의 부모를 차례로 잡았다. 이윽고 강혜성이 MC석에서 나와 무
대 중앙으로 이동했다.

"잠시 후 온라인 투표를 마감합니다. 국민 배심원들의 선택은
누구일까요. 용의자 연습생 중에 누가, 마지막으로 진실의 의자
에 앉아 심판을 받게 될까요."

강혜성이 큐 카드를 쥔 왼손을 높게 들어 올렸다.

카운트다운이 시작됐다.

10. 9. 8. 7. 6. 5. 4. 3. 2. 1.

투표 종료.

장인혜 PD의 인이어에 순위 집계를 맡은 손희정 작가 목소
리가 들렸다. 이변은 없었다. 카운트다운이 끝남과 동시에 무대
중앙에 있던 가림막이 걷히고 '진실의 의자' 두 개가 위용을 드
러냈다. 미술감독이 아주 공을 들인 작품으로, 제작 기간만 꼬
박 사흘이 걸렸다. 단두대에서 형태를 따왔다고 했다.

"국민 배심원들의 선택. 과연 양준우 연습생을 살해한 범인
은? 지금 바로 공개합니다!"

빨리 진행하라는 사인을 받고 강혜성이 바로 발표할 태세를

갖췄다. 카메라가 '노아야 사랑해'라는 슬로건을 든 서노아 어머니를 다시 비췄다. 그 잠깐 새에 슬로건 가장자리가 땀으로 말려 들어가 구겨져 있었다.

"라임엔터테인먼트 서노아 연습생!"

서노아 연습생이 담담한 표정으로 일어났다. 스태프에게 마이크를 전달받고 무대 중앙으로 걸어가서 강혜성 옆에 섰다.

"그럼 서노아 연습생. 함께 거짓말 탐지기의 심판을 받을 또한 명의 연습생을 선택해주시죠."

"저는."

누가 시키지도 않았는데 서노아 연습생은 뜸을 들였다. 합격. 합격. 아주 방송을 잘 아는 친구네. 장인혜 PD가 감탄했다. 근데 노아야 지금 남은 시간이 별로 없다. 너무 시간 끌지 말라고 전하려는 순간 서노아 연습생이 입을 열었다.

"강혜성 선배님을 지목하겠습니다."

뜻밖의 상황에 객석에서조차 아무런 반응이 나오지 않았다.

서노아 연습생이 몸을 완전히 돌려 강혜성의 눈을 똑바로 보며 다시 말했다.

"저는 강혜성 선배님을 지목하겠습니다."

25

당신은 양준우를 죽였습니까?

서울 압구정에 위치한 F숍은 남성 전문 회원제 왁싱숍으로 연예인들이 많이 다니는 것으로 유명했다. 이곳에서 11년간 근무한 뒤 올해 초 독립하여 강남에 사업장을 연 진승희 원장(가명, 35세)은 본인이 강혜성의 담당 관리사였다고 주장했다.

"꼼꼼하고 손이 빠르다고 계속 찾으셨죠."

진승희 원장이 처음 F숍에서 일을 배울 때만 해도 노출 화보나 촬영을 위해 방문하는 남성 연예인들이 대부분이었지만 왁싱이 대중화되면서 일상적으로 관리를 받는 사람들이 크게 늘어났다. 강혜성은 그중 한 명으로 아예 연 단위로 횟수를 끊어 방문했다고 한다. 시술 중 스몰 토크를 나누며 얻은 정보를 종합해보면 스케줄이 들어오면 시간을 조정해서라도 찾아오는 것 같다고 했다. 어느 부분을 주로 시술받았는지 물으니 전부, 라는 대답이 돌아왔다. 브라질리언, 겨드랑이, 팔다리는 매주. 가슴털이랑 배꼽나룻, 발등과 발가락, 손등과 손가락은 격주. 강혜성은 몸에 털이 많은 체질이라 레이저 제모를 이미 수차례 받았는데도 다시 털이 자라나 관리를 받아야 했다고 한다.

"아무리 연예인이라도 남자분 중에 그 정도까지 하는 경우는 드물죠. 약간 결벽증인가 생각은 했는데."

강혜성이 방문했을 때 뭔가 기억에 남았던 점이 있는지 물었다. 진승희 원장은 회원에 대한 정보는 알려드릴 수가 없다며 한참을 난감해하다가 공익을 위한 일이니 말씀드리겠다고 목소리를 낮췄다.

"일단 피부가 생각보다 너무 안 좋으셨던 거? 아토피가 심하다고 하시더라고요. 또, 왁싱 룸으로 오시기 전에 샤워를 하시는데도 향수 냄새가 많이 났어요. 남자 향수 중에 좀 독한 냄새 아시죠. 게다가 겨드랑이나 브라질리언 왁싱할 때…… 아, 이게 되게 말하기 조심스럽긴 한데요. 나쁘게 말하려는 건 아니고요. 몸에서 오줌 냄새, 암모니아 냄새 있잖아요. 그게 살짝 날 때가 있었어요. 그래서 혜성 씨 시술 끝나면 룸에 공기청정기를 빡세게 돌렸죠."

강혜성의 향수는 크리드 어벤투스, 암모니아 냄새는 필로폰 중독자 특유의 체취였다. 심각한 피부 상태 역시 필로폰 투약의 대표 부작용인 간지럼증 '메스버그'로 인한 것으로 추측된다. 이와 관련하여 전《인앤아웃뉴스》연예부 기자이자, 현 유튜브 채널 '최명주의 팩트시그널' 운영자인 최명주 전 기자를 만나 자세한 이야기를 들어봤다. 그는 〈디 아이돌 특별 편:소년 단죄〉 와 관련된 일련의 사건에 대해 총 스물두 편의 영상을 업로드하 였으며 '장난해요? 방송 중 강혜성 오줌 냄새에 진심 빡쳤던 여 자 연예인'은 조회 수 230만 회를 기록했다.

"강혜성이 원래부터 나쁜 애는 아니에요. 놀기 좋아하고 돈 밝히는 게 나쁜 건 아니잖아. 얘도 어떻게 보면 운이 안 따라줬 어. 5년 전 클럽 딩고에 지분 투자를 한 게. 거기가 TM그룹 회장 이민규의 필로폰 공급원이라는 거를 알고도 그랬을까? 알았으 면 뭐 할 말은 없는데. 내가 봤을 땐 애가 좀 멍청해. 분명 나중에 서야 알고 아싸 봉 잡았네 이랬을 것 같단 말이지. 그게 자기한 테 독이 될 줄을 모르고."

클럽 딩고와 필로폰에서 시작된 강혜성과 TM그룹 회장 이민 규의 인연은 시간이 갈수록 끈끈해졌다. 강혜성이 군 복무를 마 친 후 사업을 마구잡이로 확장할 때 다리를 놔주고 돈을 융통해 준 인물이 바로 이민규 회장이었다. 〈디 아이돌〉시즌 3에 서노 아 연습생이 출연하는 것을 알고, 이민규 회장이 감시역으로 강 혜성을 MC 자리에 밀어 넣은 것은 당시 두 사람의 군건한 연대를 보여준다. 반면 이민규 회장 입장에서 강혜성과 정확히 대척점에 있었던, 손톱 밑 가시와 같던 인물이 바로 서노아 연습생이었다. 그가 〈디 아이돌〉 시즌 3 첫 순위발표식에서 1위를 차지한 것이 일종의 도화선이었다. 이민규 회장은 손톱 밑 가시가 점점 커지는 것을 두고 볼 생각이 없었다.

최명주 전 기자는 수사기관의 공식 발표 및 자체 취재원으로부터 얻은 정보를 기반으로 사건 당일 서노아 연습생의 행보를 재구성했다. 이 내용은 그의 유튜브 채널에 '서노아 하필이면 화장실에서 인생 좆망 루트 탈 뻔한 사연'이라는 제목으로 업로드되어 조회 수 110만 회를 돌파했다.

"우리가 기억해야 할 게 몇 가지 있어요. 첫째, 서노아 연습생은 냄새에 상당히 민감했다. 둘째, 촬영지였던 ㅈ연수원은 지어진 지 25년 된 건물이라 환기 시설이 제대로 갖춰져 있지 않았다. 셋째, 강혜성은 자기 몸에서 나는 필로폰 체취를 가리기 위해 독한 향수를 사용했다. 넷째, 양준우 연습생이 음독한 그라목손은 소량이어도 지독한 냄새가 난다. 다섯째, 서노아 연습생은 어릴 적 경험으로 그라목손 냄새를 이미 알고 있었다."

경찰이 밝힌 내용에 따르면 서노아 연습생은 양준우 사망 사건 30분 전, 연습실이 있던 ㅈ연수원 C동 2층 남쪽 남자 화장실 휴지통에서 그라목손의 흔적이 남은 주사기를 발견했다. 그는 당시 밀폐된 화장실에 남아 있던 향수 냄새로 강혜성이 이곳에 머물렀던 것을 추론해냈다. TM그룹 이민규 회장과 강혜성의 막역한 관계를 경계 중이었던 서노아 연습생은, 이후 연습실에 돌아가 간식 상자를 보게 된다. 그리고 간식 상자 위 메모지를 바꿔 붙였다. 양준우 연습생의 이름과 자신의 이름이 적힌 메모지를.

혹시나 하는 마음이었다고 한다.

어디까지나 우발적으로 한 행동으로 양준우 연습생에게 피해를 끼칠 의도는 전혀 없었다고 서노아 연습생은 주장했다. 그라목손 주사기를 보고 마음이 불안해져 충동적으로 한 일인데, 설마 했던 우려가 현실이 되어 무척 고통스러웠다고 진술했다고 한다. 왜 지금까지 숨겼냐는 추궁에는 목숨을 위협받고 있는 게 무서워서 입을 다물 수밖에 없었다고 항변했다.

이 부분에서 최명주 전 기자는 강력하게 의문을 제기했다. 특히 메모지를 바꿔 붙인 부분은 도저히 상식적으로 이해할 수 없는 일이라며 열변을 토했다. 조회 수 180만 회를 넘긴 영상 '서노아 살인 빼박 증거'에도 같은 내용이 담겨 있다.

"간식이 상한 것 같다거나, 이물질이 들어간 것 같다고 얘기를 하고 안 먹으면 그만이잖아? 난 서노아 연습생이 양준우 연습생의 메모지를 바꿔치기한 게 결코 우연이 아니었다고 봐요.

백 퍼센트 의도가 있다고 봅니다. 내가 우리 채널 팩트시그널을 통해 최초로 문제 제기를 하기도 했죠. 바로, 양준우와 은소현이 모종의 연관이 있다는 거."

여기서 우리는 새로운 인물, 은소현이라는 이름에 주목할 필요가 있다.

"양준우랑 은소현이 같은 지역 출신이고 다니던 고등학교도 불과 6백 미터밖에 떨어져 있지 않았어요. 이게 어떻게 우연일 수 있어?"

하지만 양준우 연습생과 은소현 사이에 어떤 접점이 있었는지, 정말로 최명주 전 기자의 말처럼 서로 아는 사이였는지는 확인되지 않았다. 증거 자료가 전무한 데다 두 사람에게 직접 확인하는 것이 불가능하기 때문이다. 은소현이 일련의 사건에서 어떤 역할을 했는지는 후술하기로 한다. 우선은 대망의 결말을 앞둔 〈디 아이돌 특별 편:소년 단죄〉 5화 생방송 현장으로 돌아갈 시간이다.

강혜성과 서노아 연습생이 단두대 모양을 한 '진실의 의자'에 앉았다. 현장의 소란이 조금씩 가라앉고 긴장감이 그 자리를 메웠다. 연습생들이 목을 길게 빼고 무대를 올려다보았다. 강혜성은 아까부터 목을 벅벅 긁어대고 있었는데 자기가 무슨 행동을 하는지조차 모르는 기색이었다.

중계차에서 장인혜 PD의 수족이 되어 일하고 있던 유서형 PD가 모니터에 비친 강혜성의 벌건 목덜미를 보더니 무심결에 제 목을 함께 문질렀다. 유서형 PD는 강혜성이 몸담았던 그룹 'PLO'의 열성 팬이었다. 물론 강혜성이 '최애', 즉 가장 좋아하는 멤버는 아니었지만 그룹 전체에게 애정이 있었기에 항상 응원하고 있었다. 개성이 강하고 기가 센 멤버들로 구성된 그룹에서 강혜성은 부족한 실력을 악착같은 근성으로 채우는 열정 캐릭터를 맡았다. 그가 두각을 드러낸 것은 오히려 다른 멤버들이 차례로 입대를 하고 혼자 남아 솔로 활동을 시작하면서부터였다. 특유의 친근한 이미지, 웬만한 중견 MC를 능가하는 진행 능력, 가끔 보여주는 '아이돌 모멘트'로 인기를 끌더니 제대 이후에는 아예 능력 있는 사업가 캐릭터를 잡아서 돈과 인기를 한 번에 쓸어 담았다. 유서형 PD는 그런 그를 볼 때마다 마치 장성한 자식을 보는 부모처럼 마음이 흐뭇해지곤 했다.

그런 강혜성이 지금 일개 연습생에게 지목당해 얼이 빠진 채로 거짓말 탐지기 앞에 앉아 있다. 솔직히 속상했다. 혼란스럽고 괴로웠다. 반면에 옆에 앉은 장인혜 PD는 마치 모든 것을 예상했다는 듯 동요가 없었다. 그저 먹잇감을 향해 달려나가기 직전의 맹수처럼 고요히, 온 감각을 인이어와 모니터에 집중할 뿐이었다.

장인혜 PD가 말했다.

"서노아 연습생이 먼저 질문합니다. 서노아 턴."

인이어로 지시를 듣고 강혜성이 서노아 연습생에게 먼저 하라는 사인을 보냈다. 서노아 연습생이 두어 번 목을 가다듬고 말했다.

"당신의 이름은 강혜성입니까?"

"네."

"당신은 남자입니까?"

"네."

스크린에는 두 질문에 대해 모두 '진실'이 떴다. 이제 마지막 질문이 남았다. 서노아 연습생이 입가에 마이크를 바짝 가져다 댔다. 다소 거칠고 불규칙한 숨소리가 그대로 오디오에 담겼다. 장내가 서서히 조용해졌다. 마치 아무도 없는 것 같았다. 선홍색 틴트를 바른 서노아 연습생의 입술에 모두의 시선이 모였다.

"당신이 양준우를 죽였습니까?"

강혜성이 주저 없이 대답했다.

"아니오."

"결과 띄우지 말고 잠깐 스톱."

인이어를 통해 장인혜 PD의 목소리가 흘러나왔다.

"스리, 투, 원, 큐."

스크린에 '진실'이 떴다. 강혜성은 양준우를 죽이지 않았다. 마치 스포츠 경기에서 승리한 선수처럼 강혜성이 양 주먹을 치켜들었다. 서노아 연습생이 멍하니 스크린을 쳐다봤다. 숱 많은 속눈썹이 빠르게 팔랑거렸다. 장내 소음이 커졌다. 강혜성이 마이크를 트로피처럼 들고 마구 흔들었다.

"잠깐만요."

서노아 연습생이 말했다.

"질문 하나만 더 하게 해주세요."

"뭐야, 너."

대꾸하는 강혜성의 말투가 거칠었다. 그때 인이어를 통해 장인혜 PD의 목소리가 흘러나왔다. 이 오더는 〈디 아이돌〉 전 시즌을 통틀어 가장 극적인 장면을 탄생시키게 된다.

"지금 시간 넘겨서 바로 광고 틀어야 되거든요. 혜성 씨가 노아한테 질문할 시간이 없어요. 그냥 노아 질문 하나만 추가로 받고 방송 끝냅니다."

강혜성이 신경질적으로 뒷목을 마구 긁더니 마지못해 서노아 연습생에게 턱짓을 했다. 사인을 알아들은 서노아 연습생이 물었다.

"당신은 범인이 양준우 연습생을 죽이는 것을 도왔습니까?"

"아니오."

스크린에 '거짓'이 떴다. 강혜성의 일그러진 얼굴이 클로즈업된 후 곧바로 화면이 전환되었다. 프로미스의 '파이브 이어스 비포' 레깅스 광고가 시작됐다. 같은 시각 포털 사이트 실시간 차트에 '강혜성 공범'이라는 검색어가 올라오기 시작했다.

26

보고 싶었어요, 오빠

생방송 일주일 전.

밤 11시를 조금 넘긴 시간, TM미디어 이사윤 대표가 ㅎ종합병원 30층 VIP 병실을 찾아왔다. 수행원을 대동하지 않아 혼자였다. 심부름 센터 E대표 표현을 빌리자면 '대어'가 낚였다. 서노아 연습생이 입원한 병실에 도청 장치를 설치한 지 약 다섯 시간 만의 일이었다. 아래 대화는 장인혜 PD가 E대표를 통해 확보한 도청 내용을 재구성한 것이다.

서노아 연습생의 건강에 대한 우려, 〈디 아이돌〉에서의 활약상에 대한 인사치레를 마치고 이사윤 대표가 본론을 꺼냈다.

"내가 어디까지 알고 있을 것 같아요?"

한동안 숨소리만 들렸다.

"다시 물어볼게요. 내가 어디까지 해줄 수 있을 것 같아요?"

이번에는 즉답이 나왔다.

"회장님보다는 못하시겠지요."

TM그룹 이민규 회장, 이사윤 대표의 오빠를 가리키는 말이었다.

"왜 그렇게 생각하지? 뭘 많이 모르네."

"모르는 게 뭔지 알려주려고 여기까지 오신 거 아닌가요?"

이제야 좀 얘기할 맛이 난다는 듯 이사윤 대표가 소리 내어 웃었다.

"머지않아 검찰이 움직일 거예요. 횡령 규모가 6천 억이었나 7천 억이었나……. 뭐 그건 중요하지 않고. 아무튼 구속되면 이사회에 바로 이민규 회장 해임 건의안이 올라갈 거예요. 근데 내가 건의안을 쓰다 보니까 좀 허전하더라고요. 횡령 말고 하나가 더 있었으면 좋겠어."

"크리스탈 말씀하시는 건가요?"

장인혜 PD는 이 부분에서 무슨 보석 이야기가 나오나 갸우뚱 했다고 한다. 크리스탈은 필로폰의 은어 중에 하나다.

"내가 고작 크리스탈 하나 잡아내려고 여기까지 왔을까요?"

"……양준우?"

"음. 가능하다면 한 명 더?"

이사윤 대표의 경쾌한 웃음소리가 이어졌다.

"지금 못 들은 척하는 거예요? 노아 군, 연기 쪽은 쉽지 않겠네. 그래도 뭐 괜찮아요. 꾸준히 하다 보면 느는 거지. 처음부터 잘하는 사람 없어요. 아니면 역시 노래가 좋아요? 빌보드는 솔직히 무리인데 국내는 줄 세우기 해줄게요. 귀찮아서 안 하지 누가 돈 없어서 안 하나."

"말씀은 정말 감사한데요. 제가 바라는 건 그게 아닙니다."

"그럼?"

"대표님을 믿어도 된다는 확신이요."

의자 끌리는 소리가 났다.

"우리 자리를 좀 이동할까요? 나 저 화분 뒤에 불 꺼진 도청 탐지기가 아까부터 너무너무 신경 쓰이는데."

여기까지가 장인혜 PD가 도청으로 파악한 대화의 전말이다. 다음 날인 일요일 아침, 소속사 라임엔터테인먼트를 통해 서노아 연습생은 〈디 아이돌 특별 편: 소년 단죄〉 최종 화에 출연하겠다는 의사를 밝혀왔다. 그리고 약 30분 뒤 장인혜 PD는 전화 한 통을 받게 된다.

장인혜 PD가 이사윤 대표 이사실에 올라가서 들은 말은 단 두 문장이었다.

"박정호 사장 잘 있죠?"

박정호는 불법 도박 사이트 운영자의 이름이었고,

"여기 정 교수 번호."

정 교수는 국내 최고 소아심장과 전문의였다. 장인혜 PD의 하나뿐인 조카가 선천적으로 심장병을 안고 태어난 것을 파악하고 내민 당근이었다.

장인혜 PD는 이사윤 대표가 건넨 정 교수의 명함을 두 손으로 받고 90도로 허리를 숙였다.

몇 번을 다시 선다고 해도 같은 선택을 했을 거라고 장인혜 PD는 말했다. 반대편에서 이민규 회장이 자기 라인이었던 도재선 CP를 주무르는 방식 또한 이와 다르지 않았을 것이다.

이후 이민규 회장에 대한 검찰 조사가 시작되면서 이사윤 대표가 그동안 TM그룹 경영권을 찬탈하기 위해 그려온 '큰 그림'이 수면 위로 드러났다. 많은 정재계 관계자들이 그 규모와 집요함에 놀라움을 감추지 못했다. 이민규 회장의 우군으로 활약했던 이재황 TM텔레콤 대표를 포섭하고 큰아버지인 이승용 TM전자 명예회장을 제 편으로 끌어들인 후 무려 이민규 회장의 사돈인 해선F&B 그룹 강창희 회장에게 지지를 받아낸 무서운 정치력. 세간에는 이사윤 대표가 대체 어떤 미끼를 던졌는지 온갖 루머가 횡행했다. 정작 꼼짝없이 미끼를 문 정재계 대어들은 무겁게 입을 닫았다.

이사윤 대표의 어망에 걸리지 않은 몇 안 되는 물고기에 한희석 유화인 갤러리 관장이 있었다. 그는 이민규 회장과 이사윤 대표이사 남매의 어머니기도 하다. 한희석 관장은 딸인 이사윤 대표를 맹렬히 비난하며 그룹의 명운을 건 이 '남매의 난'에서 아들 편에 섰다. 상당히 저급한 폭로전이 이어졌고 언론은 환호성을 지르며 춤을 추었다. 이 가족 간 개싸움의 타임라인에서 이사윤 대표의 SM클럽 '미라클' 출입 사실이 불거졌다.

G씨는 미라클에서 남성 접대부로 3년간 일한 경력이 있다. 인천의 한 카페에서 만난 그는 테이블에 머그컵 세 잔을 올려놓고 노트북을 두드리고 있었다. 현재 국비 지원으로 프로그래밍 교육을 받고 있다고 했다.

스물두 살부터 알바로 가볍게 시작한 접대부 생활은 많이 벌고 쉽게 쓰는 재미가 있었다. 2년 전 자신에게 집착하던 단골 손님에게 염산 테러를 당하지 않았더라면 아마 여태 일하고 있었을 거라고, G씨가 작고 가느다란 목소리로 말했다. 염산 테러 당시 성대 일부가 녹아 발성에 제약이 있었다.

미라클에서 일하는 동안 G씨는 이사윤 대표를 10여 번 만났다고 했다. 지명은 아니었고 패키지로 들어갔다. 업계에서 잔뼈가 굵은 베테랑이 이사윤 대표를 전담했고 G씨 같은 조무래기들은 관상용으로 앉아 있다가 이따금 몸을 썼다. 이사윤 대표는 돈을 잘 풀고 질척임은 없는 깔끔한 손님으로 평판이 좋았다. 한번 마시면 말술을 했는데 주사는 말이 많아지는 것이었다고 한다.

"거의 못 알아들었죠. 기업 간에 뭐가 어떻고 계약이 어떻고. 저는 전혀 모르는 세계니까. 몇 번 평범한 이야기를 하실 때도 있었어요. 어릴 때 기억이나. 가족 이야기나."

'가족 이야기'라는 말에 추가 설명을 요청했다. G씨가 토막토막 늘어놓은 얘기를 종합해보면, 이사윤 대표는 오빠인 이민규 회장과 어머니인 한희석 관장에게 강한 반감을 가졌던 것으로 보인다. 어린 시절 사건이 원인이었다. 작고한 이종식 전 회장과 한희석 관장 부부가 집을 비운 날, 고용인들이 퇴근하거나 숙소로 들어간 밤이 되면 어린 이민규 회장은 주방에서 식칼을 챙겨 동생 이사윤 대표의 방에 들어가곤 했다고 한다. 그 방에서 무슨 일이 벌어졌는지는 말해주지 않았다. 다만 미취학 아동기부터 중학생이 될 때까지 수년간 이어진 이 '밤'을 견디다 못한 이사윤 대표가 어머니에게 사실을 털어놓았을 때, 한희석 관장은 이렇게 대답했다고 한다.

"절대 아버지, 그러니까 이종식 전 회장에게는 말하지 말라고 했대요. 네 오빠가 아버지한테 맞아 죽을 수도 있다고."

인터뷰를 마무리하며 사건과 직접적인 연관성은 없지만 개인적으로 궁금했던 것을 물었다. G씨는 이 질문을 듣고 처음으로 조금 웃었다.

"이사윤 대표는 사디스트도 마조히스트도 아니었어요. 눈앞에서 SM플레이를 하고 있으면 그걸 가만히 보기만 했어요. 웃지도 찡그리지도 않고, 무슨 현미경 들여다보듯이."

강혜성에 대한 수사는 이민규 회장과 거의 동시에 이루어졌다. 강혜성은 필로폰 투약 혐의는 인정했으나 클럽 딩고를 통한 마약 유통은 공동 투자자 H가 담당했다고 주장했고, 양준우 사건 공범 의혹에 대해서는 전면 부인했다. 서노아 연습생의 증언은 후각 정보에 의존한 추정이어서 결정적인 단서가 되지 못했다.

모든 게 정황뿐이었다. 곤약 젤리에 그라목손을 투여하여 '서노아 연습생을 죽이려다가 양준우 연습생을 죽이고만' 범인이 과연 누구인지, 왜 그 주사기에 연습생들의 트레이닝복과 동일한 미세 섬유가 추출되었는지, 모든 것이 다시 미궁 속으로 빠지려고 하던 찰나 진범이 직접 수사기관을 찾아왔다.

자수한 범인이 〈디 아이돌〉 시즌 3에서 보조 작가로 일했던 원재령이라는 사실을 알고 장인혜 PD는 무척 놀랐다. 그런 사람이 있었는지 기억이 나지 않았기 때문이다. 용역 업체를 통해 고용한 임시직이었기 때문에 사건 이후 종적을 감춰도 의심하는 사람이 없었다.

원재령은 자신이 강혜성과 결혼을 약속한 사이였다고 말했다. 연인인 강혜성의 요구에 따라 소품 창고에 잠입해 서노아 연습생에게 갈 간식 상자를 노려 그라목손을 주입하고 주사기는 자택에서 쓰레기봉투에 넣어 처분했다. 강혜성에게 연습생 전용 트레이닝복을 구해다 준 것도 원재령이었다. 두 사람은 그 옷을 매개로 삼아 몇 차례 '연습생과 트레이너'로 역할극을 하며 성관계를 맺었다. 이후 강혜성은 트레이닝복 주머니에 주사기를 넣어놨다가 그 안에 그라목손을 묻히고 이것을 사건 당일 ㅈ연수원의 화장실에 버리는 것으로 증거 조작을 완수했다.

강혜성이 한 결정적인 실수는 사건 이후 원재령과 연락을 끊은 것이었다. 이용당한 것을 알게 된 원재령은 무거운 벌을 받게 될 것을 알면서도 강혜성에게 복수를 하려고 모습을 드러냈다. 출두 전에 강혜성과 찍은 침대 셀카와 나체 사진을 기자에게 흘린 것은 약간의 쇼맨십이었다.

원재령은 자수하기 전날까지 서울시 마포구에 위치한 드라마 아카데미에서 드라마 작가 수업을 듣고 있었다. 후일 같은 반 수강생들의 증언을 통해 그가 양준우 살해 사건을 모티브로 작품을 집필하고 있었던 것이 드러났다. 해당 시놉시스에서 범인이자 주인공인 여성 인물은 살인을 저지른 후 죄책감에 자살 시도를 했다가 한 선량한 남성 인물의 도움을 받아 극적으로 목숨을 보전하고 새 삶을 살게 된다. 이 '선량한 남성 인물'에 대한 묘사는 강혜성과 흡사했다. 원재령의 곪을 대로 곪은 감정의 고름을 엿볼 수 있는 부분이었다.

　대질심문에서 원재령이 강혜성에게 '보고 싶었어요, 오빠'라고 말했다는 언론 보도가 나왔으나 곧 가짜 뉴스로 밝혀졌다.

27

얼마나 고통스러울까

의정부지방법원은 새벽부터 취재진과 각국의 팬들로 북적였다. 태국 팬들은 어젯밤 여행사를 끼고 전세 버스 두 대를 타고 나타나 자리를 선점하고 색색의 현수막과 슬로건을 펄럭였다. 새벽에 도착한 일본 팬들은 초콜릿과 사탕 같은 주전부리를 팬들과 나눠 먹었다. 떼창으로 그룹 시절 히트곡과 솔로 앨범 수록곡을 부르기 시작한 것은 느지막이 온 필리핀 팬들이었다. 물론 한국 팬들도 섞여 있었다. 그들을 구분하는 법은 어렵지 않았다. 마스크와 모자로 얼굴을 가리고 있으면 한국인이었다.

강혜성의 1심 공판이 열리는 날이었다.

데뷔 때부터 강혜성의 팬으로 활동했으며 지금도 그를 열렬히 응원하는 I씨에게 이날 법원을 찾았던 심경을 물었다.

"생각보다 괜찮았어요. 걱정돼서 며칠 동안 잠을 못 잤는데 막상 가니까 왠지 잘될 것 같다는 느낌이 들더라고요. 혜성이를 응원하는 사람들이 아직도 이렇게 많은데, 어떻게든 되지 않을까? 여태 혼자서 너무 외로웠으니까요."

물어보지도 않았는데 I씨는 변명하는 투로 덧붙였다.

"혜성이가 무죄라는 게 아니에요. 잘못한 일에 대해서는 당연히 벌을 받아야죠. 저는 그냥 제대로 된 죗값을 치르고 다시 새 삶을 살 수 있도록 옆에서 힘이 되어주고 싶은 것뿐이에요. 비난하고 욕할 자유, 존중해요. 그러니까 응원하고 사랑할 자유도 존중해달란 말이에요. 막말로 혜성이가 잘못했지 혜성이를 사랑한 팬들이 무슨 잘못이에요?"

I씨의 목소리가 점차 커지더니 끝내 울먹임으로 끝났다. 강혜성의 팬이라는 이유만으로 견뎌야 했던 상처가 많은 모양이었다. 가까스로 훌쩍임을 멈춘 I씨에게 조금 잔인할 수 있는 질문을 던졌다. 팬을 그만둘 생각, 소위 '탈덕'을 할 마음이 든 적은 없었는지? I씨가 손으로 얼굴을 감싸며 애절하게 말했다.

"저 진짜 탈덕하고 싶어요. 저도 사람이니까 아무 걱정 없이 떡밥만 주워 먹으면 되는 행복한 덕질 하고 싶단 말이에요. 근데 마음이 거기에 가 있는 걸 어떻게 해요. 우리 혜성이가 얼마나 힘들까, 얼마나 고통스러울까, 얼마나 외로울까. 그런 생각만 하면 가슴이 찢어질 것 같은데 어떻게 해요."

오전 9시, 강혜성을 태운 호송 차량이 등장하자 일대에 큰 소란이 일었다. 강혜성 이름을 연호하며 팬들이 모여들었고 취재진과 이를 제지하는 호송 인력이 뒤엉켜 난장판이 됐다. 교도관에게 팔이 잡힌 채로 갈색 수의를 입고 나타난 강혜성은 넘어진 팬 두 명과 카메라맨 한 명을 발로 밟고서야 건물로 들어갈 수 있었다.

강혜성의 요청으로 공판은 국민 참여 재판으로 이루어졌다. 배심원으로 참여한 J씨는 남양주시에 거주 중인 40대 남성 회사원으로 이번이 첫 국민 참여 재판 참석이라고 했다. 그에게 평결 과정에서 기억에 남는 일이 있었는지 물었다.

"강혜성 씨가 많이 울었던 거?"

유죄는 부인할 수 없고 형량이 어떻게 나오느냐가 관건이었다. 강혜성을 담당한 변호사는 이 범죄가 전적으로 이민규 회장의 지시로 이루어졌다고 주장하며 둘이 주고받은 문자 메시지를 증거로 제출했다. 이에 검찰 측은 강혜성이 진범인 원재령에게 아주 구체적으로 음독 살인 방법과 시기를 지시한 통화 내용을 공개하면서 그가 범죄를 매우 적극적으로 계획하고 주도했다는 점을 지적했다. 최후 진술 차례가 오자 강혜성은 몸을 가누지 못할 정도로 울었다고 한다.

"정확하게 기억은 안 나는데요. 반성하고 있고 잘못했다, 평생 속죄하며 살겠다 대강 그런 내용? 기분이 좀 이상했어요. 몇 달 전만 해도 TV에 나오던 사람이 수의를 입고 울고 있으니까."

J씨는 초반에는 검사의 구형대로 무기징역을 염두에 두었으나 재판 진행 과정에서 강혜성의 태도를 보고 마음이 조금 바뀌었다고 했다. 배심원들이 30년형을 평결하였고 이를 참고하여 재판부는 1심 선고 30년형을 내렸다. 판사는 피고인 강혜성이 "음독 시 사용할 약물을 직접 지정하고 사전 연습을 하는 등 범행을 치밀하게 주도"하였고 "사회적 영향력이 큰 직업을 가진 피고인이 오로지 개인 영달을 위해 잔악한 범죄를 저질렀다"는 점에서 죄질이 극히 불량하다면서도 "피고인이 사업적으로 갑의 입장에 있는 이민규 회장으로부터 심리적 압박감"을 느꼈으며 범죄를 사주한 뒤 "깊이 반성하고 있는 점"을 참작했다고 말했다.

선고가 내려진 시간은 당일 밤 10시였다. 방청 중이던 강혜성의 팬들은 물론 법원 앞에서 대기하던 각국 팬들이 선고 소식을 듣고 울기 시작했다. 소음 민원을 받고 경찰이 출동할 때까지 통곡은 한 시간여 동안 계속됐다.

일주일 뒤 서노아 연습생의 살인 방조 및 공갈죄 혐의에 대한 재판이 열렸다. 두 혐의 모두 증거 불충분으로 혐의 없음이 선고되었다.

서울 모 소방서에서 근무하는 구급 대원 이상명(가명, 41세)

은 당직 근무 중 '사람이 숨을 쉬지 않는다'는 신고를 받고 출동
했다. 고지된 주소는 번화가 대로변 안쪽에 위치한 7층 건물이
었다. 간판도 없이 허름한 외관과는 달리, 로비에 들어서자마자
마치 다른 세계로 들어온 듯한 화려하고 웅장한 인테리어가 펼
쳐졌다. 검은 정장을 입은 여자가 구급 대원들을 안내한 곳은 창
문이 없는 직사각형 룸이었다. 열 평 남짓 되었을까. 안쪽에 단
차를 두고 올라와 있는 무대에서 옷을 반만 입은 남자가 쓰러져
있었다. 다행히 의식은 있는 상태였으나 목에 끈으로 졸린 듯한
붉은 자국이 있고 곳곳에 상처가 심했다. 서둘러 남자의 상태를
확인하는데 뒤에서 이상명 대원의 어깨를 거칠게 붙잡는 손길
이 있었다.

"죄송합니다, 선생님. 바쁘실 텐데 저희 애들이 유난을 떨었
나 보네요. 보시는 대로 멀쩡하니까 그냥 가셔도 됩니다."

멀쩡해 보이지 않는데……. 이상명 대원이 쓰러진 채로 쌕쌕
숨을 몰아쉬는 남자와 제 어깨를 잡은 덩치 큰 남자를 번갈아 쳐
다보았다. 부상자를 돌보느라 신경 쓸 겨를이 없었는데, 방 안에
지켜보는 사람이 많았다. 어깨에 얹은 손에 슬슬 힘을 주기 시작
하는 우람한 남자 뒤로 비슷하게 덩치가 있는 분들이 두 명. 할
로윈 코스튬 같은 화려한 옷을 입은 한 남자가 한 명. 그리고 맞
은편 소파 자리에 여자 한 명과 남자 두 명.

"괜찮으세요?"

다시 부상자에게 말을 걸었다. 몸집이 우람한 남자가 끼어들었다.

"지찬아. 괜찮다고 말해야지?"

"괜…… 찮아요."

지찬이라고 불린 남자가 대답을 하는데 입에서 침과 피가 흘러나왔다.

"일단 치료부터 받으시고 필요하시면 경찰을……."

"우리 소방관 선생님도 참. 오지랖이 넓으셔."

우람한 남자가 큰 소리로 웃으며 쓰러진 지찬이라는 남자의 뺨을 손바닥으로 툭툭 쳤다.

"괜찮아요. 프…… 플레이예요."

때리거나 맞을 때 성적 흥분을 느끼는 취향이 존재한다는 것은 알고 있었다. 이곳이 아주 수상한 유흥업소라는 것도 눈치챘다. 찝찝했지만 당사자가 괜찮다고 하는데 더 할 말이 없었다. 이상명 대원이 후배에게 구급차로 가서 이송 거부 확인서를 가져오라고 시켰다. 후배를 기다리는 동안 우람한 남자가 룸 밖에 나갔다가 다시 들어왔다.

"선생님, 밤중에 먼 길 오시느라 수고하셨는데. 가시는 길에 식사라도."

남자의 손에 들린 봉투를 보고 이상명 대원이 손사래를 치며 몸을 뒤로 뺐다.

"안 됩니다."

"얼마나 된다고. 제 마음인데."

"제가 큰일 나요. 이러지 마세요."

남자와 봉투를 사이에 두고 실랑이를 벌이고 있는데 갑자기 뒤에서 웃음소리가 들려왔다. 소파에 앉아 있던 여자가 목젖이 드러날 정도로 입을 크게 벌리고 껄껄 웃고 있었다. 이상명 대원이 당황해서 쳐다보는데 옆에 있던 우람한 남자가 따라 웃더니 방 안의 모든 사람들이 다 같이 웃기 시작했다.

"하하하하!"

"하하하하!"

"하하하하!"

후배가 이송 거부 확인서를 가져와서 지찬이라는 남자에게 서명을 받는 동안에도 룸 안의 사람들은 계속 숨이 넘어갈 것처럼 웃어댔다. 차를 타고 소방서로 돌아가면서도 이상명 대원은 마치 뭔가에 홀린 것처럼 정신을 차릴 수가 없었다. 다음 날, 정확히 기억이 나진 않지만 아주 징그럽고 고통스러운 꿈에서 깨어나 세수를 하고 TV를 켰을 때, 이상명 대원은 아직도 자신이 꿈을 꾸고 있나 싶어서 제 뺨을 세게 때렸다. 어제 수상한 클럽에서 미친 사람처럼 웃던 여자가 화면에 나오고 있었다. TM그룹 임시주주총회와 이사회에서 이사윤 TM미디어 대표가 이민규 전 회장을 밀어내고 TM그룹의 새로운 회장으로 선임되었다는 뉴스였다.

이하성 연습생은 부모님께 알리지 않고 인터뷰 자리에 나왔다고 했다. 학원에 간 줄 아신다고. 끝나는 시간에 맞춰서 건물 앞으로 가야 한다며 틈틈이 핸드폰을 확인했다. 얼추 시간이 다 되어가길래 마지막 질문을 했다.

- 이하성에게 아이돌이란?

이하성 연습생이 진지한 표정으로 잠시 생각을 하더니 개구지게 웃으면서 대답했다.

"기름띠!"

- 기름띠?

"예전에 뉴스에서 배 사고가 나서 바다에 기름이 유출된 걸 본 적이 있거든요. 물 위에 기름띠가 뜨는데 그게 무지개색으로 반짝거리더라고요."

이하성 연습생이 카페를 나갔다. 책가방을 메고 총총 멀어지는 뒷모습이 여느 고등학생과 다르지 않았다.

〈디 아이돌 특별 편:소년 단죄〉에 출연할 당시 연습생들의 나이는 10대 중반에서 20대 중반이었다.

이민규 TM그룹 전 회장은 기소할 혐의가 많아 1차 공판까지 시간이 오래 걸렸다. 혐의 중에는 웹하드를 통해 조직적으로 특정인(임의현 연습생)이 출연한 음란물을 유통한 범죄도 포함되어 있었다. 1심에서 재판부는 횡령, 살인 교사 등 열한 개의 혐의 중 열 개의 혐의에 유죄를 선고했다. 그러나 통칭 '음란물 유통죄'라고 불리는 정보통신망법 위반에 대해서는 혐의 없음 결론을 내렸다.

다음 날 새벽 임의현 연습생이 가리봉동 자택에서 숨진 채 발견됐다. 경찰은 타살 혐의가 없다고 발표했다.

향년 21세였다.

28

저는 지금 정말 행복합니다

서노아 연습생의 솔로 앨범 발매일이 발표됐다. 기존 소속사 라임엔터테인먼트와 TM미디어 자회사 K&M이 합작으로 설립한 빅플로엔터테인먼트로 이적한 뒤 5개월 만의 공식 활동이었다.

〈디 아이돌〉 시즌 3 출신 연습생의 데뷔, 특히 〈디 아이돌 특별 편:소년 단죄〉에 출연했던 연습생들의 데뷔는 지금까지 여섯 건이었다. 제이든 연습생이 가장 먼저 솔로로 데뷔했고, 한율 연습생이 5인조 그룹인 '뷰티크'로, 류찬영 연습생은 9인조 그룹 '미러스', 안민영 연습생과 정서준 연습생은 프로젝트성 듀오를 결성해 미니 앨범을 발표했다. 백세민 연습생과 권희종 연습생은 연기로 분야를 옮겨 웹 드라마 주연을 맡았다. 전반적으로 큰 화제를 모으지는 못했다.

사망한 임의현 연습생과 연예계를 떠난 이하성 연습생을 제외하면, 실질적으로 가장 마지막 순서로 데뷔 출사표를 던진 서노아 측은 이러한 선례를 의식한 것인지 매우 공격적이고 과감한 마케팅을 펼쳤다. 유튜브와 포털 사이트 메인 배너, 지상파 3사, 케이블 채널 다섯 곳, 종편 채널 두 곳에 솔로 앨범의 티저 영상이 방영됐다. 총 37초 분량인 이 티저 영상은 도끼 모양 은빛 장신구가 바닥에 떨어지면서 시작한다. 그 밖에도 니체의 《차라투스트라는 이렇게 말했다》 표지가 등장한다든지, 간판에 러시아어로 '전당포'가 적혀 있다든지, 가면을 쓴 인물 세 명이 서노아 주변을 맴도는 등의 은유로 인해 도스토예프스키의 《죄와 벌》에서 모티프를 따온 것이 아니냐는 해석이 나왔고 바로 논란으로 이어졌다. 몇몇 기자와 대중문화 평론가들은 양준우 연습생과 임의현 연습생의 죽음에 일정 부분 책임이 있는 서노아가 지난 과오를 반성하기는커녕 콘셉트화하여 셀링 포인트로 삼는다며 맹렬히 비난했다. 소속사는 티저 영상의 노출 빈도를 높이는 것으로 화답했다.

팬들도 홍보에 힘을 실었다. 서울 지하철 삼성역과 강남역, 김포공항역, 홍대입구역에 영상 광고가 걸리고 서노아 얼굴이 커다랗게 래핑된 버스가 시내를 돌아다녔다. 홍보 열기는 발매일이 다가올수록 뜨거워졌다.

앨범 발매일에 언론 쇼케이스가 예정되어 있었다. 백세민 연습생의 '홈마'로 활동했던 '보이마켓'의 도움을 받아 F기자에게 접촉했다. 보이마켓은 현재 대상을 바꿔 모 신인 아이돌의 홈마로 활동하고 있었다. F기자는 프레스증 양도 대가로 100만 원을 제시했다. 같은 날 열리는 팬 쇼케이스 암표 가격이 20~70만 원대인 걸 감안하면 합리적인 가격이라는 친절한 설명이 이어졌다. 행사 당일, F기자를 직접 만나 프레스증을 양도받고 쇼케이스 공연장에 입장했다.

서노아의 솔로 데뷔 타이틀 곡 〈Truth or Blood〉는 불멸의 존재가 사랑에 빠졌을 때 느끼는 황홀한 혼돈을 노래한 곡으로, 미디엄 템포에 몽환적인 신시사이저 사운드가 더해져 세련된 느낌을 주는 일렉트로닉 팝이었다. 치명적인 뱀파이어로 분장한 서노아는 은회색 헤어에 남청빛 렌즈를 끼고 올블랙 슈트 차림으로 등장했다. 퍼포먼스가 끝나고, 서노아와 MC 심윤정이 무대 중앙에 섰다.

"안녕하세요. 신인 가수 서노아입니다. 오늘 바쁘신데 먼 길 와주셔서 감사드립니다. 정말 최선을 다해 준비했습니다. 예쁘게 봐주시고 좋은 기사 부탁드립니다."

사방에서 터지는 플래시에도 서노아는 불편한 기색 없이 눈을 또렷하게 떴다. 행사 MC계 일인자 심윤정의 진행은 안정적이고 재치 있었다. 화기애애한 분위기 속에서 기자들의 질의가 이어졌다. 공백기가 길었는데 그동안 어떻게 지냈는지, 〈디 아이돌〉에서 만난 동료들과는 아직도 연락을 하는지, 티저 영상에 대한 논란이 있었는데 어떤 입장인지, 신규 소속사로 이적하는 과정에서 어려움은 없었는지…… 핵심을 미묘하게 비껴나가는 질문들이었다. 이 답답한 탐색전을 끝낸 것은 《파인드스타》 엄주호 기자였다.

"서노아 씨. 은소현이 누군지 알죠?"

곧바로 MC 심윤정이 막아섰다.

"이 자리에서는 모쪼록 이번 앨범 〈Truth or Blood〉와 관련된 질문만 부탁드립니다."

"전 괜찮아요. 선배님."

서노아가 나긋나긋한 목소리로 말했다.

"네. 은소현이 누군지 알고 있습니다."

카메라 셔터음이 총성처럼 터져나왔다.

'은소현'이라는 이름이 대중에게 처음 알려진 것은 이민규 전 회장의 1심 공판이 열리기 일주일 전이었다. 이날 '내 딸을 죽인 TM그룹 이민규 회장을 고발합니다'라는 제목의 영상이 유튜브에 업로드되었다. 자신을 은소현의 어머니 남경희라고 소개한 이 여성은 가정집 식탁으로 추정되는 곳에 앉아 10분 26초 동안 딸 은소현의 죽음에 이민규 전 회장이 관여했다고 주장했다. 근거는 세 가지였다.

첫째, 4년 전 은소현은 클럽 딩고에서 필로폰 중독으로 인한 쇼크로 사망했다. 널리 알려진 것처럼 클럽 딩고는 이민규 전 회장, 당시 TM전자 대표였던 그가 마약을 거래하고 투약하던 장소였다.

둘째, 은소현이 사망한 날은 이민규 회장의 생일이었고, 그가 당일 새벽 1시경 클럽 딩고로 들어가던 모습이 CCTV에 남아 있다.

셋째, 은소현 사망을 119에 최초로 신고한 사람은 클럽 딩고 매니저였다. 그는 이후 은소현과 함께 필로폰을 투약한 혐의로 재판에 회부되었는데, 변호사 수임료를 TM그룹 계열사인 PU시큐리티에서 부담했다.

"제 딸은 TM미디어 자회사인 K&M 기획사의 연습생이었습니다. 학교와 연습실만 오가던 꿈 많은 아이였던 우리 소현이가 왜 그날 저 자리에 있었을까요."

남경희는 당시 미성년자였던 딸 은소현이 소속사의 강요로 이민규 회장 생일 파티에 접대 목적으로 동원되었고, 그 과정에서 이민규 회장에게 강제로 필로폰을 치사량 투약받아 사망했다고 주장했다.

이 영상은 각종 커뮤니티로 퍼져나갔고 기사화되면서 재수사를 요청하는 목소리로 이어졌다. 이 과정에서 은소현이 댄스학원에서 찍은 사진이 등장했는데, 하얀 후드티를 입고 브이 포즈를 하며 웃고 있는 은소현 옆에는 서노아가 있었다.

서노아는 첫 번째 데뷔에 실패한 뒤 생계를 유지하기 위해 많은 아르바이트를 했다. 클럽 딩고도 그가 일하던 곳 중 하나였다. 경찰 조사에서 이민규 전 회장이 주장한 바에 따르면, 웨이터였던 서노아는 이 전 회장이 필로폰을 투약하는 장면을 목격하고 이를 빌미로 금전을 요구했다. 세 차례에 걸쳐 총 6억여 원을 받아간 후에도 서노아가 또 〈디 아이돌〉 시즌 3에 대한 서포트를 요청해오자 이 전 회장은 강혜성을 통해 범죄를 사주했다. 그리고 의도치 않은 우연과 우연이 겹쳐 서노아가 아닌 양준우가 사망했다는 것이다. 이 전 회장은 애초에 자신은 서노아의 재데뷔를 막기 위해 최종 생방송 무대에 서지 못할 정도로만 위해를 가하는 것이 목적이었고, 살인 의도는 결코 없었다고 강조했다. 그라목손이라는 극약을 쓴 것은 자신의 지시를 확대해석한 강혜성의 실수였다는 주장이었다.

이 주장은 그라목손 구매 경로를 추적하던 경찰이 이민규 전 회장의 비서가 경기도 모처에서 그라목손을 직접 구입하는 모습이 담긴 CCTV 화면을 입수하면서 기각되었다. 여기서 관계자들은 의문을 표했다. 대기업 TM그룹 회장이었던 이민규가 단지 필로폰 투약을 빌미로 한 금전적 요구 때문에 이런 큰일을 벌였다는 것이 납득이 가지 않았다. 분명 다른 약점을 잡혔을 거라는 추측이 나오던 중 절묘한 타이밍에 은소현 사건이 부상한 것이었다.

이민규 전 회장이 은소현을 살해했고 서노아가 이를 목격한 뒤 협박했다. 또는 서노아가 평소 알고 지내던 은소현을 의도적으로 이 전 회장에게 소개시킨 후 살인을 방조한 뒤 협박했다, 더 나아가 서노아가 직접 은소현을 죽였다는 얘기까지 온갖 낭설이 오갔다. 이 무렵 채널 WVN 탐사 보도 프로그램 〈The 놀라운 이야기〉는 은소현 사건의 비밀을 파헤치는 특별 편을 방송했다.

해당 프로그램에 따르면, 경찰이 당시 수사에서 은소현의 필로폰 투약에 강제성이 없었다고 결론 내린 이유는 크게 두 가지였다. 첫째, 구매 이력. 은소현은 일명 '해피벌룬'이라고 불리는 환각성 물질인 아산화질소를 익명 메신저를 통해 열아홉 차례 구매했다. 둘째, 소셜 미디어 검색 기록. 은소현의 SNS 계정에는 필로폰을 가리키는 은어인 '크리스탈' '아이스' 등을 검색한 흔적이 남아 있었다. 여기에 더하여 〈The 놀라운 이야기〉 측은 사건과 직접적인 관계는 없지만 시청자들의 알 권리를 위해, 은소현이 그 지역 유명한 '일진'으로 두 차례 학교 폭력 대책 자치 위원회로부터 징계를 받았던 사실도 보도했다.

여론은 바로 뒤집혔다. 예쁜 피해자 은소현은 사라지고 마약하는 일진 은 모 양만 남았다. 서노아의 팬들은 '사실관계도 확인하지 않고 죽일 듯이 욕해놓고는 진실이 드러나니 모른 척한다'며 불특정 다수의 대중에게 분통을 터트렸다.

그러나 심부름 센터 E대표 생각은 조금 다른 것 같았다. 서노아의 입원실에 도청 장치를 설치한 과정을 설명하는 내내 E대표는 상당히 들떠 있었다. 과묵해 보이는 첫인상과는 달리 꽤나 과시적인 성격임을 짐작할 수 있었는데, 여기에 한술 더 떠서 그는 기자님이 흥미를 가질 건이 있다며 묻지도 않은 이야기를 꺼냈다.

"제가 그 4년 전에, 이민규 전 TM그룹 회장 알죠. 그 구속된 양반. 그 양반이 회장 취임하기 전에 열었던 생일 파티를 도청한 적이 있었거든요. 있잖아, 서노아가 아이돌 망하고 알바로 일한 클럽. 당고? 딩고?"

혹시 은소현 사건이 일어났던 날 아니냐고 묻자 맞다며 손뼉을 쳤다.

"맞아. 은소현. 은소현이 아가씨로 왔고, 서노아도 웨이터로 그 자리에 있었거든. 내가 도청 파일에서 뭘 들었냐면…… 아,

이건 공짜로는 말씀드릴 수가 없는데. 내가 기자님이 아주 마음에 드니까 딱 두 문장만 알려줄게."

그러고는 간드러지는 목소리로 말했다.

"오빠, 나 좀 살려줘."

다시 굵은 남자 목소리.

"야 웨이터, 너 저 년 내 앞으로 끌고 와."

그리고 E대표는 입을 틀어막고 낄낄거리며 손가락 세 개를 펼쳤다. 후일 취재비 3백만 원을 확보해 그에게 전화를 걸었으나 연결이 되지 않았다. 장인혜 PD에게 물어보니 연락이 끊긴 지 한참이라는 대답이 돌아왔다.

"소현이는 댄스 학원에서 알게 된 동생이었습니다. 너무나 안타까운 사고로 일찍 세상을 떠나서 정말 슬프게 생각합니다."

서노아의 말이 끝나자 기자들이 한꺼번에 질문을 쏟아내서 장내가 매우 소란스러워졌다. MC 심윤정이 능숙하게 이를 막아섰다.

"궁금한 점이 많으실 텐데 죄송하지만 시간 관계상 여기서 쇼케이스를 종료하겠습니다. 양해 부탁드립니다."

"죄송합니다. 기자님들 아무쪼록 좋은 기사 부탁드립니다."

그에게 꼭 묻고 싶은 것이 있었다. 퇴장하는 서노아를 향해 소리를 쳤다.

"서노아 씨! 지금 행복하세요?"

서노아가 뒤를 돌아보며 싱긋 웃었다.

"네. 제 존재의 이유인 팬들이 있어서 저는 지금 정말 행복합니다."

더할 나위 없이 근사한 웃음이었다.

서노아의 데뷔 앨범 타이틀곡 〈Truth or Blood〉은 발매 직후 스물네 시간 동안 국내 최대 음원 사이트 실시간 차트 1위에 올랐고 2주간 10위권, 12주간 100위권 안에 머물며 사랑을 받았다. 동명의 앨범은 초동 49만 6천 장, 총판 52만 장으로 당해 남성 솔로 판매량 1위를 차지했다.

+ 덧붙이는 말, 하나.

이 책이 출간되기 전, 보도 자료를 접한 서노아의 소속사 빅플로 엔터테인먼트는 아티스트에 대한 악의적 비방이 우려된다며 은소현과 클럽 딩고에 대한 언급을 삭제해줄 것을 요청했다. 그러나 해당 부분은 공식 수사 기록 및 다양한 취재원을 통해 객관성이 검증된 내용으로 공개했을 때 예상되는 공공의 이익이 특정인 또는 특정 집단의 이해관계보다 우선할 것으로 판단되는바, 삭제하지 않았음을 밝힌다. 본 저자는 추후 빅플로엔터테인먼트가 예고한 출판 금지 가처분 신청 및 명예훼손 등의 법적 절차에 성실히 대응할 것이다.

+ 덧붙이는 말, 둘.

이 책의 초판이 출간되고 두 달 뒤, 검찰은 경찰에게 은소현 사건에 대한 재수사를 요청했다.

비밀요원 명단

B요원 ♥ 강윤수 ♥ 곽미라 ♥ 김다정 ♥ 김달

김수빈 ♥ 김수연 ♥ 김예슬 ♥ 김유리 ♥ 김윤지

김인숙 ♥ 김정다운 ♥ 김지수 ♥ 노서연 ♥ 도윤

먼지민 ♥ 모윤지 ♥ 박나영 ♥ 박미란 ♥ 박소연

박정란 ♥ 박천수 ♥ 박현주 ♥ 백윤하 ♥ 봉인희

서영주 ♥ 서윤정 ♥ 서희 ♥ 설지현 ♥ 손선일

신소선 ♥ 신유진 ♥ 양보름 ♥ 에디 ♥ 윤량의

윤소정 ♥ 윤여은 ♥ 윤희식 ♥ 이다슬 ♥ 이동현

이미래 ♥ 이연주 ♥ 이예울 ♥ 이유 ♥ 이준범

이지운 ♥ 이지현 ♥ 이환희 ♥ 장화윤 ♥ 정미희

정숙영 ♥ 조성은 ♥ 조현오 ♥ 진희지니 ♥ 채이

최슬지 ♥ 최윤민 ♥ 최종덕 ♥ 최지숙 ♥ 한재현

허정은 ♥ 홍석현 ♥ 홍유진

비밀기지 목록

- **나락서점**
  부산광역시 남구 전포대로110번길 8 지하1층

- **너의 작업실**
  경기도 고양시 일산동구 일산로380번길 43-11

- **다시서점**
  서울특별시 강서구 방화대로33길 13 1층

- **버찌책방**
  대전광역시 유성구 인근 이동식 책방(인스타그램을 확인해주세요)

- **북스피리언스**
  서울특별시 마포구 연남로11길 34 지하1층

- **이랑**
  경기도 고양시 일산서구 일현로 127 가동 2층

- **이후북스**
  서울특별시 마포구 망원로4길 24 2층

- **책방이층**
  대구광역시 중구 달구벌대로393길 48

- **책방토닥토닥**
  전라북도 전주시 완산구 풍남문2길 53 2층 청년몰

* 이 책은 독립서점을 기반으로 한 위즈덤하우스 사전 독서 모임 'SSA 비밀요원 프로젝트'를 통해 제작되었습니다.

디 아이돌 : 누가 당신의 소년을 죽였을까

초판 1쇄 인쇄 2022년 6월 8일 **초판 1쇄 발행** 2022년 6월 15일

지은이 서큘
펴낸이 이승현

편집2 본부장 박태근
스토리 독자 팀장 김소연
책임 편집 곽선희
공동 편집 김해지 이은정
디자인 함지현

펴낸곳 ㈜위즈덤하우스 **출판등록** 2000년 5월 23일 제13-1071호
주소 서울특별시 마포구 양화로 19 합정오피스빌딩 17층
전화 02) 2179-5600 **홈페이지** www.wisdomhouse.co.kr

ⓒ 서큘, 2022

ISBN 979-11-6812-315-1 03810